竹南书/著

古玩猎人

一具金龙首

当代世界出版社

图书在版编目（ＣＩＰ）数据

古玩猎人：一具金龙首 / 竹南书著 . —北京：当代世界出版社，2015.1
ISBN 978-7-5090-1004-4

Ⅰ.①古… Ⅱ.①竹… Ⅲ.①长篇小说—中国—当代 Ⅳ.① I247.5

中国版本图书馆 CIP 数据核字 (2014) 第 261582 号

书　　名：古玩猎人：一具金龙首
出版发行：当代世界出版社
地　　址：北京市复兴路 4 号 （100860）
网　　址：http://www.worldpress.com.cn
编务电话：（010）83908456
发行电话：（010）83908409
　　　　　（010）83908377
　　　　　（010）83908455
　　　　　（010）83908423（邮购）
　　　　　（010）83908410（传真）
经　　销：全国新华书店
印　　刷：北京市玖仁伟业印刷有限公司
开　　本：710 毫米 ×1000 毫米　1/16
印　　张：15
字　　数：195 千字
版　　次：2015 年 1 月第 1 版
印　　次：2015 年 1 月第 1 次
书　　号：978-7-5090-1004-4
定　　价：30.00 元

目　录

第一章 夺命貔貅

10 年前，一辆黑色轿车在大雨之中停在了上海古玩界鉴定大师云山子的家门前。从车上下来两个身穿黑色衣服的男子，将一个 10 岁的孩子放下来后，两人钻进车中，消失在雨中。

这个孩子的名字叫田鹤。10 年来，他不知道在自己的身上发生了什么，也不记得 10 年前到底是因为什么才导致自己忘记了所有的一切。他现在做的，只能是跟着师父云山子学习古玩鉴定，10 年来，倒也学了些皮毛。

之后的 10 年，田鹤沉浸在古玩鉴定当中，无法自拔。古玩这一行不像说书唱戏，走到哪搭个台子就能卖艺，这是一项眼力活儿，眼力不好就容易出错，出错了便涉及到方方面面，后果难料。

因此，在这一行中，田鹤跟随云山子所学的，除了基本的古玩知识外，还有一项更重要的技能：如何做人。身正则影正，身斜则影歪。在古玩这一行业中，百分之九十都是有钱人，就算看起来没钱的人，家中必然也有几件镇宅之宝。因此在这一行干，千万不能得罪人。

行业中人多了，就会鱼龙混杂，一些心术不正的人往往会利用人们的暴发心理坑害别人。田鹤也明白其中的道理，因此在鉴定古玩的时候，往往要比别人多几个心眼儿。师父云山子说过："古玩鉴定，就好像是在识别某一个人，看准了这个人，那么他的东西就不会错，假的就是假的，真的就是真的，赝品不会变成真货，真货也不会假到哪里去。只要不出上海，就不会有性命危险。"

云山子在上海混了几十年，当然清楚自己在上海的地位。田鹤根本不想出上海地界，毕竟他的能力有限。

可是现在，他又跟着师父云山子从上海出发到了陕西白河县。

时间回到 10 天前。

云山子的一位好友熊三爷悄悄地找到了他，告诉云山子在白河县新出土了个东西，很有价值，如果喜欢，云山子还可以把那东西匀下来。说到这位熊三爷，倒颇具传奇性，他和云山子算是同门，一起出道，后来在古玩界渐渐混出的名声比云山子还要响亮，但在 10 年前突然销声匿迹，最近才又忽然出现。

云山子对自己的过去绝口不提，同样，对这位熊三爷也从未提及。

田鹤对熊三爷此人不甚了解，可以说是素未谋面，但是云山子对熊三爷的信任程度已经超出了田鹤对云山子的了解，因此才打破誓言出了上海前去陕西。田鹤对云山子非常了解，师父云山子不是冲东西去的，因为云山子从来不会因为某样新出土的东西而出上海半步。

准确地说，云山子的爱好是鉴别古玩真伪，而不是收藏古玩或把鉴定古玩当成是一种工作。熊三爷再三劝说云山子，这一次一定要来白河县，不然云山子会后悔一辈子。

云山子掂量过此事会出现的后果之后，把自己关在房间里 3 天闭门不出，3 天后，云山子才拿着他一直未离手的黑玉，一脸憔悴地对田鹤说："你和我一起去，但这一次事关重大，无论如何你一定要小心。如果师父回不来，你一定要在陕西留几天，等等再回上海。"

云山子手中的黑玉已经被他摸得光滑无比，常年靠皮肤分泌出来的油养出来的黑玉，不知道是什么玉种，通体晶莹，色泽光亮，拿在手中温凉润滑，手感非常好。

一路上，田鹤一边看着师父手中的黑玉，一边思考师父这一次反常的举动，因为云山子在收了田鹤这个徒弟之后，就一直没有出过上海。几年前，云山子还对田鹤说过："不到万不得已，绝对不出沪地。"如今云山子出了上海，并且还是去的陕西，中间又对田鹤说了一些令人紧张的话，因此田鹤对这次白河县之行提高了警惕。

师父云山子交代田鹤的话让田鹤非常担心，看来这一次不仅仅是鉴别古玩那么简单，但田鹤看不出来这里到底有什么异常。可他知道，在陕西，有一些他预想不到的危险正在等着他。

到了白河县，当地的风土人情并没有吸引田鹤，倒是这里空气中充满了新鲜泥土的味道吸引了田鹤的注意，这种味道仿佛是在一场大雨之后新翻出来的泥土的味道。云山子没有多说什么，而是来到了一家茶楼内。

这家茶楼装设得非常简单，有陕西人奔放的性格特点。茶楼里生意清淡，角落里坐了两三个人，像是伙计，昏昏欲睡。见有人来了，其中一个站了起来懒洋洋地问需要点儿什么。云山子进去了之后，直接找到掌柜问："这里是否有姓古的人？"

伙计见是找人的，嘴里嘟囔了一句，又坐了下来，挥手驱赶着围着自己飞来飞去的苍蝇，又睡了过去。

掌柜连头都不抬，只是自顾自地在算账："没有姓古的，有姓玉的。"

云山子说："那就找姓玉的。"

掌柜问："你姓什么？"

云山子说："我姓古。"

两人奇怪的对话完毕了之后，掌柜的在柜台上叮嘱了伙计几声，才抬眼看了几眼云山子，然后带着云山子和田鹤钻到了后堂。

穿过后堂，又穿过了几个房间，在看到一个铁门的时候，田鹤等人才停了下来。掌柜的问："来自哪儿？"

云山子没正面回答，而是不冷不淡地说："不该问的别问。"

掌柜的笑了笑，没再问，打开铁门后说："在里面。"

掌柜的走了。

田鹤越来越发觉这件事情好像弄得很神秘，尤其是这位掌柜。他30多岁，油头粉面，一身书生模样的长衫看起来倒是有几分书生气息，只是那双眼睛充满了贼光，说话的时候眼睛不时地瞄向自己。掌柜的走后，云山子就带着田鹤进了铁门。这时候田鹤才知道，这里是一个小型的古玩交易市场，里面只有3个人，可是地上乱七八糟摆放的或真或假的古玩，让田鹤异常惊讶。

大手笔的人才会这样做，如此多的古玩，拿到市面上价值不菲。

其中一位很壮，穿着开衫，身后站着的两个人则一声不吭冷冷地盯着云山子和田鹤。当那个壮汉看到了云山子之后，便笑眯眯地上前来说："等你很久了，我以为二爷你下午才能到。"

云山子微微笑了笑，没接他的话而是直接问："东西在哪儿？"

那壮汉咳嗽了一声，道："东西不在我这儿，我还没去收，但是我看过，东西成色不错，是当地的一个农民挖出来的，不过我连夜把坑给平了，现在看不出来，我们现在去看看，但是我不方便露面。"

云山子说："行，那我和徒弟去，具体是什么？什么年代的东西？生坑？"

壮汉说："你去看了就知道了，我看过一眼，不确定真假，现在我不便多说，怕影响你的判断，我去前面茶楼喝茶等你，狗子，把云师傅送到地方！"

狗子把云山子师徒请上了车，一路上闷声不说话。

田鹤觉得奇怪，问云山子说："那壮汉就是熊三爷？"

云山子没有回答，过了一会儿，云山子问田鹤："这块黑玉跟在我身边多少年了？"

田鹤想了想，说："自从跟了师父，黑玉就一直在师父的手里，吃饭睡觉洗澡都没离开过，而我跟着师父也有10年了，这块黑玉在师父身边也至少有10年了。"

云山子点点头，说："嗯，差不多，整整10年，这块玉就是当年收你的时候，从你身上取下来的。这里面有些故事，你以后就会知道，如果我有什么不测，你一定要带着黑玉去陕西找一位姓杨的军人。"

田鹤大惊，问为什么。

云山子说："这块玉就是跟着你一起来的，当年你昏迷在我家门前的时候，口袋里装着的就是这块玉，我把你救醒了之后，你完全不记得有这块玉，所以我就一直把它留在身边，想让你想起些什么来，但是我发现，你直到现在都没有想起来以前发生的事情。"

"那和我们这一次鉴宝有什么关系？"田鹤发觉师父是有话要对自己说，而对自己的身世没什么兴趣，战乱年代，能有什么好身世？

云山子说："我也说不清楚，这块黑玉以前不那么润，我摸了10年，天天养，到现在才感觉出黑玉的质地，这不是普通的玉，是从土里带出来的老玉。你要记住，送这块玉来的人，身份很特殊，而在我知道的记载当中，这种黑玉，也只有这白河县才有。"

田鹤暗惊，似乎这一次白河县之行，能够确认10年前在自己身上到底发生了什么。

不一会儿，狗子的车子带着云山子师徒来到了一户普通的农民家中，狗子把人送到之后，直接开车走了。田鹤很奇怪：等一会儿该怎么回去？

云山子没关心这些，而是对田鹤说："这个房子很特别。"

田鹤没看出来这户人家的房子有什么特别之处。房子建在半山腰上，周围零零散散地也建了一些房子，不过最近的离着也有 200 多米。

云山子围着房子转了转，说："我不懂风水，但是我知道房子建造的特点，这房子建造的时候完全没有考虑通风采光和排水，而且盖得很像土地庙。记住，房子的建造是和人有关系的，什么样的人盖什么样的房子，什么样的人修什么样的路，你听好了，等一会儿进去的时候，你别乱说话，一切由我来。"

田鹤预感这一次的行动将会十分诡异。

这户人家的门是用红木修的，很沉的样子，门前有许多石灰，铺成了一条石灰线，围着这房子转了一圈。在大门的旁边，放了一块不是很大的石头，应该是用来铺路垫脚的。云山子在石头上面站了一会儿，然后过去敲门，接着，站到了门边上，几分钟之后，门开了，从里面出来一个 40 多岁的女人。

"找谁？"女人整理了一下散乱的头发问。

"找你。"云山子上前说："熊三爷让我来的。"

"熊三爷？"女人稍微一愣，"我不认识什么熊三爷，你们找错地方了，请回吧。"说完女人就要关门。云山子笑了笑，从怀里拿出一根金条来，说："麻烦开下门，我们炒地皮，想看看你们的货，条件好，我们就上货。"

女人看见金条，伸手将金条捞到了手里，"我不知道什么是炒地皮，我只认得金条。"

门开了，女人退到一边，把金条放嘴里咬了几口，确定是真的之后，便塞到胸口里的某一个地方，钻到房间里不出来了。

云山子进去之后，才有个男人从房间里出来，见到云山子就问："你们是什么人？"

云山子点点头："炒地皮的，你们家门前的石头我要了，出个价。"

男人很奇怪地看了一眼云山子，问："门前的石头？"

"对。"云山子平淡地说。

"那石头不值钱，你要它干什么？"男人表示很怀疑。

云山子道："我要那肯定有我的目的，你要多少大洋开口就行。我看价格合适，就找人抬走。"

男人想了想，说："10个大洋。"

云山子想都没想，从怀里拿出10个大洋，说："这是10个大洋，石头我拿了，我们走。"

云山子说要走，其实是去看那石头，然后又站在上面，又是看又是摸。男人看得非常好奇，就问："这石头不值钱，就是普通的石头，你要它做什么？"

云山子说："东西在你这儿不值钱，到我手里就值钱了，可惜的是你们家就这一块石头，还有我送出去的一根金条。"

男人下意识地回头朝屋子里看了看，犹豫了一下，说："进来喝杯茶？"

云山子看了看天，说："天不早了，不过喝杯茶也无妨，这石头我明天找人来拿，你不能再卖二手，否则后果自负。"

"我懂。"男人笑了笑，把两扇门都打开，把师徒二人让了进去。云山子很不情愿的样子让田鹤想发笑，但是他忍住了。他感觉，云山子花了一根金条和 10 块大洋，要的不是想先看的东西，而是先取得这家人的信任。

田鹤入这行 10 年，深知这一行中人的精明和狡猾。很多人在这一行中混了几十年，到头来因为某件货被打了眼而家破人亡，也有少部分人捡漏成功，一夜暴发。在这行中混，就像是在无声的战场，硝烟弥漫。

这个男人家里的确很破，如云山子所说，虽然破，但是这男人一点儿都没有觉得自己很穷。从喝的茶和穿的衣服，这男人处处都显露出一个有钱人应该有的一切，除了房子。

"那石头到了您手里，真那么值钱？"男人问。

云山子笑了笑，说："粪到了田里，那就有它的价值。"

男人似乎明白了，问："那请问，您是做什么的？"

"不该问的别问那么多。"云山子说："你请我进来喝茶，不光只是为了喝茶吧？"

男人笑了笑，抬头看了看女人所在的房间，说："还有个东西请您长长眼。"

"哦？"云山子的表情显得非常突兀，"还有东西吗？"

男人点头，走进房内，不一会儿从里面拿出来一个红布包起来的包裹。

"您过过目。"男人把东西拿出来之后，就交到了云山子手里。"这东西能值多少钱？"

云山子看了一眼，顿时暗惊："貔貅？"

男人看出了云山子的惊讶，忙问："这东西叫貔貅？"

云山子看了田鹤一眼，便把貔貅交到了田鹤手中。田鹤十分惊讶，结果一摸貔貅，顿觉一股清凉之意传遍全身，之前的不安和烦躁一扫而光。云山子平静地对田鹤说："看看。"

田鹤跟着云山子鉴定古玩10年，曾经接触过貔貅，但是很少接触到鎏金镶嵌貔貅，而他手里面握着的，正是东汉鎏金镶嵌貔貅。田鹤觉得这一次"开门"了，这种东西很少见，除非是从土里刚挖上来的生坑货。

东汉鎏金镶嵌貔貅单体很大，像个小锅一样，但是后来市面上出现过巴掌大的鎏金镶嵌貔貅，基本上都是旧仿，属于清代古玩收藏家仿制出来的旧货。田鹤手中的，正常看下去像是旧货，清代仿制品。仔细看"拉丝工"就会发现拉丝工相对粗糙，有半月形的磨痕，这种痕迹除非是长时间才能磨出来的，并且在土里或者严重缺氧情况下才能形成褐色或者红色的岁月沉淀，要不然以现在的技术，根本做不到这一点。

而且这种鎏金貔貅，一般在肚子里都有一个小貔貅，因为貔貅是雌雄一对，所以肚子里的貔貅都是成对的。田鹤拿着貔貅晃了晃，却没听到肚子里一对貔貅晃动的声音。

云山子看着田鹤，问："怎么样？"

田鹤拿着这块巴掌大的貔貅晃了晃，说："有一眼，但是不全，是残品。"

"怎么说？"云山子看着田鹤问，好像是在考验他的能力。田鹤说："这貔貅是东汉鎏金镶嵌貔貅，分成两块，一上一下合体而成，这东西是旧仿，拉丝工做得很假，而且肚子里的小貔貅已经被人取掉，这个貔貅，严格来说，是赝品中的残品。"

云山子点点头，伸手接过貔貅，交到了男人手中，说："你收起来吧。"

男人惊诧地看着云山子，说："那，那都拿出来了，你们给多少钱能拿走？"

云山子问他："这东西在哪儿出的？出坑的时候，就这一样吗？应该还有其他一些东西，如果那些东西不在，这件货还不如你那块石头值钱，这鎏金的东西到了太阳底下一晒，立即就褪色，懂不懂？"

田鹤听出来云山子只是在极力地贬低鎏金镶嵌貔貅的价值，并没有不收的意思，那男人似乎被吓到了，把鎏金镶嵌貔貅又塞给了云山子，说："这是我前天在田里刨出来的，就这么一个，前几天来了个胖子，说出1500块大洋，我没卖，今天你来了，你看多少钱能出，我就出。"

"前几天也来了一个人？"云山子眯起了眼睛，"是个胖子？"

男人点点头，说："是个胖子，出1500个大洋。"

云山子微微一笑，说："既然有人来为什么不卖，而且价钱那么高？"

男人说："地里挖出来的东西，肯定值钱，而且这东西我看出来是金子，年代也久，所以就咬着没放手，但是那胖子来了之后，一口价咬死了不松口，我们没谈成。"

云山子看了田鹤一眼，说："包上吧。"

田鹤知道师父是把东西买下了，包上的意思就是买下来，让田鹤给他包上。因为这不是在店里买的，而是炒地皮炒过来的东西，所以就让田鹤包。男人看着云山子问："买吗？"

云山子点点头，从口袋里拿出一张中央农民银行的折子说："这是1000大洋的折子，你可以现在去兑换，我在这里等你。你兑换了钱，我们拿东西走，两不误。"

男人接过折子，笑了笑，说："不用了，东西你们拿走好了，能出手就不错了。"

就这样，云山子把鎏金镶嵌貔貅接过了手，让田鹤包起来揣在怀里准备回去。到了门口的时候，男人问石头还要不要了，云山子摇摇头："不要了，送给你当个纪念。"

云山子和田鹤从这户人家走出来之后，没有直接回家，而是向山里走。田鹤奇怪地问他："为什么去山里？"

云山子没说话，忽然吐出了一口鲜血，紧接着，整个人就摔倒在了地上。田鹤大惊，忙扶起师父，但是云山子却摇摇头，说："太晚了，中毒了。"

田鹤震惊不已，把云山子抱在怀里问："中的什么毒，为什么我没事？有救的办法吗？"

云山子的气息越来越弱，他挣扎着从怀里拿出张黄纸来，交给田鹤说："这是我朋友的地址，你按着地址去找人，不要说是我徒弟，你就说我死了，死之前让你去找她的。还有，你告诉她，师父中的是骨毒，然后你跟着她就行了，不要报仇，你不是我仇家的对手。"

田鹤大哭，他跟着师父10年，又是师徒又是父子，二人相依为命10年，如今师父要死，田鹤怎么能不哭？接过地址，田鹤塞到怀里。然后云山子把鎏金镶嵌貔貅拿出来，说："这东西你带走。"

云山子看了一眼那貔貅，气若游丝地说："就是这东西带的毒，师父早些年的时候受过内伤，这种毒只害受过伤的人。鎏金镶嵌貔貅内部的东西，不在我们手中，而是在东洋人手中，你一定要想办法把东西拿到手！这是中国人的东西，不能落到东洋人手里……"

田鹤忙问下毒的人是不是那男人。云山子说："不是，绝对不是他，他只是被人利用了，真正下毒的人，是……"

云山子话还没有说话，就咽了气。

云山子死了，田鹤一个人没办法把尸体带回去。而且一路上带着尸体也不方便，于是田鹤便就地找了个风水还不错的地方把云山子埋了，连碑都没有。田鹤在想，既然是有人要害师父，那么肯定是预谋好的。师父选择不回上海而是向深山里走，那就知道自己中毒了。

云山子的死对田鹤打击很大，连续很多天，田鹤都在白河县没有出去。期间为师父守孝7天，等师父安息了之后，他才从白河县出来。他是秘密出来的，不想让任何人知道。除了师父，这个世界上再也没有可以让他信任的人。

可惜田鹤道行太浅，没看出来师父已经中毒。只是，为什么师父明知道会中毒，还不早点儿走，还要留在那户人家里？还有，是谁要害师父？目的是什么？那个男人又是什么人？

想到这些，田鹤决定回去一趟，找那个男人问问。

这一切发生得太突然，田鹤都来不及悲伤，现在师父留下来的，只有那张写着地址的纸条和这块巴掌大小的鎏金镶嵌貔貅。

师父云山子是早就知道自己会死，因此才会提前写下这个地址。而和师父之死有关系的人，除了那两个人，还有熊三爷。

田鹤掂量了一下，决定还是先回去问问那个男人。但是当田鹤回到那户人家的时候，却发现那户人家早已铁将军把门，里面黑灯瞎火，空无一人。田鹤暗惊，从墙头上翻进去之后，蹑手蹑脚地在里面找了找，没找到任何有人来过的迹象，甚至好像是这户人家从来就没有人住过一样，一片死气。

云山子在没进门的时候就说过，这户人家有问题，现在看来真的有问题。田鹤迅速地从墙头上翻了出来，然后去找地址上的这个人。

田鹤没想到，这户人家转移得那么快。

在这件事情上，田鹤认为熊三爷和这件事情脱不了干系，甚至有可能就是熊三爷主谋的，至于为什么，田鹤也说不清楚。现在他只能收起悲伤，前去找地址上的人，然后再计划寻找熊三爷。

计划只是计划，还没有实施之前只能是计划。田鹤接下来要做的，就是要找到师父所说的东洋人在哪儿。而目前最先要做的，是回到上海找到地址上的人，这样才能弄清楚事情的关键。

田鹤辗转回到了上海，花了将近两个月的时间，一路上都在想师父之死到底是因为什么，想来想去也想不出个所以然来。他拿出地址来看了看，纸上写的地址很简单：上海闸北石塘弄 35 号，罗凤。田鹤决定还是先找到这个罗凤，然后再琢磨师父的死到底是怎么回事。

田鹤把带回来的鎏金镶嵌貔貅藏在了安全的地方，然后找到了纸条上所写的地址。奇怪的是，石塘弄里面并没有 35 号，只有 34 号和 36 号，35 号凭空消失了。田鹤在弄堂里足足找了 3 天，也没有找到 35 号到底在哪儿。

田鹤去问人，周围的人都说这里以前有 35 号，后来一场大火，那里被烧成了平地，当年死了 3 个人，后来也没有人在这块地上盖房了，因此 35 号就这样被火烧没了。

在第三天的时候，田鹤寻思着还是先回自己住的地方，查清楚了再来，要不然就是浪费时间。走出这条弄堂的时候，田鹤的衣角被一个小女孩拽住了，小女孩问田鹤："是不是找人？"

田鹤说："对，我是在找人，你是谁？"

小女孩奶声奶气地说："找人就跟我走。"说完小女孩就在前面走，田鹤四处看了看，确认没有人的时候，就跟着小女孩来到了一处很旧的房子前。这个房子是在石塘弄后面的一条街，和石塘弄平行，但不属于石塘弄。小女孩指着眼前的一栋非常破的房子说："就在这里。"

田鹤没有进去，而是问小女孩："让你来找我的人是谁？告诉我，给你钱买糖吃。"

小女孩嗲声说："不要。"然后就走了。

田鹤心想这小女孩还真懂事，知道不要陌生人的钱和东西。目送走了小孩，田鹤绕着这间房子看了看，前前后后除了破，倒没什么特别的地方。唯一能知道房子里有人的线索，是二楼阳台上的女性内衣。

田鹤不确定这房子里住的就是他要找的人，但是这里面的人应该是要找他。两者虽然重叠，但不一定吻合。师父让他来找的人，在石塘弄35号，但是石塘弄35号早在10年前就被一场大火烧没了，连旁边的建筑都受到了波及，因此，在地址不确定的情况下，田鹤没有那个信心确定这房子里住的就是他要找的人。

他见到那栋房子的对面写着有出租的空房，于是就在这间房子的对面租了间房，暂时住下来观察观察，如果这房子里的人真的不是自己要找的人，那还是不要节外生枝。师父的死异常诡异，明显是被人陷害，他要为师父报仇，就得小心行事。

而且，在古玩鉴定这一行，有的是狠角色，一件古玩见光之后，第一件事情就是要找古玩鉴赏家鉴定，因此在某种程度上，鉴定师是确定古玩价值的第一道关。很多人手中掌控着一批鉴定师，在必要的时候抬高古玩的价值，有时候也贬低古玩的价值，就看老板的利益所向。

田鹤跟着师父学了10年，虽然不算精通但也算入门，有些事情他是知道也了解的，所以他现在虽然年纪不大，但却有些城府。

那栋房子的对面住了位陈姓老太太带着个和田鹤差不多大的孙女陈荣怡，田鹤租她家的房子，她也没多问什么，每天还照应着三餐，有时候还能有点酒。倒是那孙女，看田鹤的目光总有些不对劲儿，不是喜欢不是讨厌，而是非常冷漠。

接连过了七八天，那栋房子对面没有出现任何人，没有人出入，二楼阳台上的女性内衣一直挂着，七八天也没有人出来收。田鹤觉得奇怪，忍不住问那老太太："对面是什么人家，怎么也没有人出来收衣服？"

老太太笑了笑，说："怎么，你打听对面的人？"

田鹤一愣，说："不是，就是好奇问问而已。"

老太太又是一笑，没说对面房子的事，而是让他晚上早点儿回来吃饭，说今天是她的70寿辰。田鹤答应一声，到街面上买了点小礼物，再转一转古玩市场，回来后已是晚上6点多了。一进租房，见老太太已经把饭菜做好了，邀他坐下来先吃。

田鹤没见她孙女，就问："您孙女呢？"

老太太说："出去了，一会儿就回来。"

田鹤"哦"了一声，然后看对面，这时他才发现，对面的女性内衣都让人收走了。田鹤忙问老太太："对面的衣服让人收走了，老奶奶您知道不知道是谁收走的？"

老太太笑了笑，没说话，过了一会儿，她孙女回来了，手里面抱着许多女性内衣。田鹤暗惊，正要说话，老太太忽然说："吃饭了。"

田鹤忍住没说话，但是这饭已经吃不下了。孙女把内衣放下后，也坐到桌子边上来，冷冷地不和田鹤说话，而是自顾自地吃着饭菜。老太太忙活了一会儿也坐了下来。田鹤实在忍不住，便问道："你们就住在对面？"

老太太笑了笑，说："你找对面的人吗？"

田鹤没点头也没摇头，老太太吃了几口饭，随即拿出来一个颜色很黑的玉放在桌子上说："看看什么品相。"

田鹤一惊，老太太的这块黑玉从品相上来说，和师父留给他的黑玉一模一样，几乎没有任何区别，甚至说，这黑玉和师父云山子留下来的黑玉极有可能是从一块玉石上雕下来的！

老太太见田鹤震惊的样子，又将玉收起来，说："我看看你的玉。"

田鹤震惊得几乎说不出话来，警觉地问："你们是什么人？"

老太太说："既然有同样的玉，那我们就不是外人，你师父没跟你说过，他捡到你的时候，你身上就带着这块玉？"

田鹤没说话。

老太太说："你不用那么紧张，我和你师父云山子说来也有点渊源，只是当年你师父和我产生了些误会，所以这几十年才没联系，但是他让你来找我，应该是早就把那件事情忘了。"

"您怎么知道我是来找你的？"田鹤问。

老太太说："简单，你在前面的 35 号地址前到处打听，谁都能看出来你是在找 35 号，而 35 号就是我以前的房子，房子被烧后，我就住后面来了，但是我让小孩把你带过来的房子我们不住，放衣服是为了吸引你的注意。"

"您和师父是什么关系？"

老太太笑了笑，说："关系很复杂，总之我们不是坏人，你不相信我们，你可以走。我们不强留你。"

田鹤真的想走，但是还有许多问题没弄明白。

田鹤问："师父让我来找您，又是为什么？您能帮我？"

老太太说道："看什么事，在上海有些事情我完全能帮你，有些事情我却帮不了你。你师父最近怎么样？老成什么样了？还在鉴定行干着呢，没下坑？"

田鹤说道："你不知道？我师父已经仙逝了。"

"哦。"老太太在听到云山子已经死去的消息时，表情出奇的平静。"走了啊，走了也不说一声，这老家伙，那么多年了还是这样，到死才说。他怎么走的？"

田鹤说道："中毒，被人害死的。"

老太太这一次的表情有了些变化，"这就是他让你来找我这老太婆的原因？"

田鹤点点头。

老太太问："那你把事情经过讲一讲，在哪儿死的，下毒的人有可能是什么人？"

田鹤把事情的经过说了一遍。老太太听了，奇怪地问："熊三爷？你说的是上海的熊三爷？"

田鹤说："对，应该就是上海的熊三爷，难道还有好几个熊三爷？"

老太太没多问，而是走进了房间，不一会儿拿出了一张合影放到田鹤的面前问："指一指，害死你师父的熊三爷是哪位？"

田鹤说："不一定是他，我只是猜想。"田鹤说完，在照片上看了看，发现这张照片上是 7 个人在一起的合影，师父云山子也在其中，照片照的年代不远，从照片上的日期可以看出，是在 10 年前。田鹤很快就在照片上找出了熊三爷，然后指给老太婆看。

老太太点点头，"那就是他了，没有错。"

田鹤奇怪地问："这是你们的合影，您也在上面，难道你们都认识？"

老太太说："当然认识，多年的老朋友了。你师父没跟你讲过当年有个七星传奇吗？"

田鹤摇摇头。

老太太苦笑了一下，说道："行吧，既然你来了，那我有的是时间和你讲七星传奇的事，但是现在你来找我，是为了让我帮你报仇，还是让我帮你藏身？"

"我不知道，师父不允许我报仇。"田鹤在心里把老太太当成了师父的同门。他不是没有听过七星传奇的故事，七星指的是7个人，而他的师父云山子就是七星之一。当年关于七星的事情师父云山子讲得少，略微提过，前后没超过10句话。因此田鹤也不太了解，以为只是一个传说。今天看到了照片，才知道这7个人是真实存在的。

老太太说："七星是根据天上的北斗来命名的，当年的7个人各领风骚，在古玩鉴定界有非常大的名气。而且每个人都代表着古玩的一个领域，云山子专攻青铜，我老太婆专攻玉器，还有的人分别是字画、瓷器、木器等等。而熊三爷，则是专攻拓本。后来，发生了一件事情，熊三爷在陕西一带收到了一件很普通的玉器，名叫龙凤配，回来后让我帮他看看，结果鉴定出来，这件玉器是春秋战国时期封地在陕西的秦国诸侯王之女婚嫁时所带，但是这诸侯王之女后来死在了出嫁的路上，因此这玉佩就随着她一起葬了。我们在里面找到了一件帛书，藏在玉器里面的。"

"帛书上讲了什么？"田鹤忍不住问。

老太太咳嗽了几声，说："帛书上讲了一个很大的秘密。"

"什么秘密？"田鹤的好奇心被完全吸引了。

老太太说："有人要害死这位诸侯王，但是又无法接近他，就只能靠近他的女儿，因此就在他女儿的婚嫁玉佩里藏了这个秘密。我们把帛书翻译了出来，上面详细地讲出了刺客是谁，在什么地方出手，诸侯王遇险之后逃跑路线是什么，最后藏到哪里等等。

可惜的是，诸侯王没有送他的女儿，他的女儿在路上代替了他父王而死。"

"那这帛书应该很有价值。"田鹤说。

"当然。"老太太说："那块帛书上写明了诸侯王遇险之后将要藏身的地点，而在那里，将会是那诸侯王最后的归宿，你想，那里有多少宝贝？"

田鹤摒住了呼吸。

那位诸侯王生前的最后藏身之地，死后必然在那里长眠，也就是说，那个地方就是诸侯王最后的永眠之地，那是一个巨大而且绝对隐蔽的地方！

田鹤倒吸了口凉气。老太太却说："但是，翻译那块帛书的人在翻译了一半的时候被杀了，帛书也丢了。但是翻译的人在临死之前，写下了帛书大致的意思，然后藏在了两块黑玉之中。我想，此刻你应该明白你师父让你来找我的真正目的了吧？"

"找出黑玉里面藏的秘密，然后找出帛书，再然后，找到诸侯王的地宫？"田鹤简直不敢相信自己的耳朵。

"对，但是你师父去所谓的白河县，应该还有他的目的，你最好想一想，你师父去白河县之前做了些什么，你最好留在心里别说，但要做到心里有数。"

田鹤已经不知道该说什么，原来这一切隐藏了那么大的秘密。现在要做的，就是要找到帛书，但是他一个古玩鉴定家，去找那地宫干什么？

老太太见田鹤疑惑，说："我知道你在想什么，当年我也如你这样想，想找到地宫，但是我们没那个能力，我们只能鉴定，然后把那帛书卖出去，我们收的只是佣金而已，但是这笔佣金，已经足够你生活十辈子。"

老太太说完，对那一直未说话的孙女说："走，该睡觉了。"

她孙女听了，冷冷地看了一眼田鹤，放下筷子一声不吭地随着老太太钻到了屋子里。老太太临走前说道："早点儿睡，明天可能有很多事情要做。"

古玩猎人

一具金龙首

第二章　两张相片

　　田鹤整整想了一夜，把这件事情牵扯出来的所有事情都想了一遍。可是，想到天放亮，他也没想明白这中间到底有什么关系。田鹤一直把自己定位在鉴定师这个行业，而没有涉及到其他行业中去。隔行如隔山，田鹤明白触手伸得太多了将会带来什么样的麻烦，而且他也没有那个精力去研究太多的科目。

　　田鹤一夜没睡，红着眼出来见老太太已经收拾好了行装，便问："去哪儿？"

　　老太太说："找人。"

　　田鹤一早上就听老太太说了这么一句。田鹤自始自终都认为自己是在老太太的掌控之下。从回到上海找 35 号地址开始，老太太就已经把他控制得死死的。田鹤在想，如果掌控他行踪的人对他有恶意，那么后果不堪设想。

　　田鹤想，以后出门得多长点心眼儿。

　　师父云山子在上海混了那么多年，在这行业里也不能自保。这里面有太多的恩怨情仇，谁也不敢保证自己就是局外人。

一路想着，陈老太已经带着田鹤来到了一个很大的古玩市场。这不是田鹤经常去的八里街古玩市场，而是另外一个。田鹤从来不知道，除了八里街古玩市场，还有另外一个古玩市场。

"这里叫阳市，比八里街大，东西也比八里街多，只是这里不见光。"陈老太带着田鹤和她的孙女在阳市里转了一圈后，来到了一个摊位前。

摊位的主人是个中年人，见到有主顾来了，也不说话，只是蹲在那里发呆。陈老太没在意摊位老板的样子，而是扫了一眼摊位上的古玩，对田鹤说："挑挑，看有没有看好的。"

田鹤在摊位上扫了一眼，基本上都是赝品，没什么真货，最早的一件清代钧窑出的瓷器，也是高仿。田鹤说："都还可以，只是没有看上眼的。"田鹤并不是认为这里的东西都可以，而是照顾老板的面子，不要的东西，就夸几句，然后说没有看好的。老板自然知道自己的货是什么品相，真的多少假的多少心里都清楚，听主顾这样说，就知道主顾看出来这里面有假货。

老板抬起头来看了一眼田鹤，见是位年轻人，顿时愣了愣。这阳市里经常出现年轻钱多人傻的主儿，但是能在扫一眼的前提下看出货里赝品的人，还是少数。老板不禁对田鹤刮目相看，说道："年轻人果然有眼力，陈老太有福。"

田鹤一愣，心道：这两人认识？

陈老太说："客气，老七在吗？"

"在。"老板又恢复了本来的阴沉，"在里面和主顾看货。"

陈老太没再多说什么，带着田鹤和孙女从一扇黑木门里钻了进去。田鹤回头看了一眼那老板，发觉这老板身上有股子阴森森的气息，好像刚从死人堆里爬出来一样。老板似乎发觉了田鹤在看他，抬头对着田鹤笑了笑，这笑容把田鹤吓了一跳。

陈老太的孙女陈荣怡，拉了拉田鹤的衣服，说："别乱看，跟着走。"

这是陈荣怡第一次和田鹤说话，带着点儿关心，又带着点儿烦躁。田鹤撇撇嘴，跟着陈老太到了黑门里面。

这一次要去的地方不是在地面上，而是在一个很大的地下室，似乎是废弃的防空洞改成的。洞里布满了阴森的气息，而且还带着用来把工艺品做旧的化学药味。

"有阳市就有阴市，外面为阳市，里面为阴市，这里面大部分都是好东西，有做旧的东西，但很少，一般做旧的货老板都会自动标出来。"来到了阴市，陈老太指着里面琳琅满目的货说："一会儿带你去见个人，是你的长辈，叫蛇老七。"

陈老太说完带着田鹤来到了一家店铺前。店铺上没有任何标记，只有在门前摆了一块很大的石头，上面刻着个"七"字。

进了门，在内堂里，一位和外面老板长像差不多的男人，想必就是陈老太嘴里说的老七了。他正在和一男子围着桌子看一件明代铜鎏金释迦牟尼像。陈老太站在旁边没说话，田鹤和陈荣怡则是在旁边听着他们的对话。见陈老太来了，那男人和陈老太打了个招呼："三位慢坐。"

陈老太挥挥手，拿起旁边的一件铜鎏金佛像像是在研究，不再打扰他们。田鹤好奇地围了上去，见那老板模样的男人问："这东西是明代的，看着不像啊？"

"像不像咱们先不说，你自己觉得像，那就像，你自己觉得不像，那我说一千道一万，你还是觉得不像，瞧，这位老太也是来看货的，你不要，东西她看上了立即拿走，我二话不说立即割爱，你要是觉得这东西看着新，我没什么可说的，东西就摆在这儿，已经见光了，你要不要，一句话。"

老板盯着铜鎏金佛像看了半天，说："东西倒像是真的，不会是生坑吧？"

老七笑了笑，点了支烟，说："上面有一层包浆，你看不出来？这东西入土的时间是在明代，准确地说是战乱把这东西祸害了，后来出土的时候，有不懂行的人给它洗了个澡，所以就成了现在的品相。你看上面的鎏金，薄而匀，色泽带光。再看造型，饱满大气，面相温和，佛光普照，你若不要，我就等下家了。"

老板忙说："还是不行，我怕打眼。"

老七正要再劝，田鹤在边儿上看了看，说："这东西品相不太好，应该是像老板说的，被洗了澡的原因，但是这上面的光泽很柔和，应该是在土里吸多了土气。佛像得见光，在土里时间长了，就有一层雾气，老板您看到的有点儿假，应该是雾气。然后你看这佛像的面部，释迦牟尼入佛之前是王子身份，因此带着一股贵气，贵气与佛气相辅相成，形成了一种宝气，很难得。再看做工，这应该不是官品，而是民间高手为佛寺做的，因此相当用心，在手指甲、发丝、宝冠、飘带还有底座莲花的造型设计上，都有明代工匠的影子，这是件难得的藏品，老板您撞见了是缘分，走了宝那就可惜了。"

老板疑惑地看着田鹤，问："你懂这个？"

田鹤说："略懂，我老爷子就有一件，和你这件差不多，那是正宗的明代佛像，市面上很少见，这一次您撞见了，您不拿我就让我奶奶拿。"

老板再次思考了一下，说："行，东西我拿了，包上吧！谈谈价。"

老七将老板拉到一边，神秘地说了几句话，然后老板高兴地把东西抱走了。人走了之后，老七才客气地对陈老太说道："四姐你来了，这位是？"

陈老太看了看田鹤，说："老二家的，把老七叫进来，你去门口守着。"

老七立即出去，然后门口摊位上的老板不一会儿走了进来。"四姐，这位是老二家的？"

陈老太点点头，说："老二家的，老二走了，留下他来找我，我们的事，可能被老三捅了出去。现在事情不好办。"

老板进来的话语，才让田鹤明白刚才那位只是替身，而坐在大门前摆摊的才是真正的老七。

"老二走了？什么时候的事？"老七说完，看着田鹤问："你送的终？"

田鹤说："走的时候我在边儿上，中毒，师父说中的是骨毒。我把他葬在陕西白河县，具体位置暂时还不能说。"

老七说："去白河县干什么？"

田鹤把熊三爷邀请的事说了，老七沉默了许久才说："他走之前没有交代你什么话？"

田鹤摇摇头，师父走的时候，的确什么都没说，只是给了张纸条让他来找陈老太。老七很纳闷，老二死的时候什么都没说，这可不符合老二的风格，老二和老四关系向来很好，虽然10年前的事让老四对老二耿耿于怀，但是老四一直没真正放在心上，如果计较老二当年的事，老四也不会收下田鹤。

"当年到底发生了什么事？"田鹤问。

老七扫了一眼田鹤，说："这事暂时还不能告诉你，你住哪儿，带我去你家看看。"

田鹤不打算把老七带到自己住的地方。既然有人要害师父并且已经达到目的，那么就不会留下田鹤。师父的死是一个意外，但是算计好的意外。

老七看出了田鹤的疑惑，说："我和你师父是同门，当年属于七星，我是老七，你师父是老二，按辈分，你该叫我七叔，她是你四娘，你要是不相信我们，等你以后相信我们了再带我们去也不迟。听四姐说，你今天表现不错，这些都是你师父教你的？"

"师父教了许多，但是我没学全。"田鹤谦虚了一下。老七说："嗯，等你学全了那得 300 年，你师父的本事是我们之中最高的，10 年前鉴定了一块黑玉，就断定石头里面有东西,就没想到引出了许多事情来。走，带你们去看一样东西。"

"黑玉，怎么又是黑玉？"田鹤在心里嘀咕，先是鎏金镶嵌貔貅，然后是黑玉，再然后是龙凤玉佩，然后又是帛书又是宝藏什么的，难道这里面有什么联系？这些除了都是古玩之外，田鹤真看不出来有什么联系。

陈老太见田鹤发呆，说："走吧，带你在鬼市里面转转，以后你得经常来，这里面的东西没有点眼力看不出来，都是品相很好的货，但是一般的摊位不会轻易拿出来。"

田鹤心想，都像老七这样把铺子藏在里头，那肯定不容易看出来。

田鹤正想着，忽然从外面传来阵阵嘈杂的声音，不一会儿，30 多个人把老七的铺子围了起来。一个人从那些人堆里走出来，手里提着个长嘴烟袋，一身黑布衫，头顶上戴着个礼帽，趾高气扬地来到老七面前问："蛇老七？"

蛇老七点点头。随即，那人笑了笑，说道："东西我们拿回去，找人长了眼，结果是说水货，赝品！蛇老七你也是在鬼市里面混的，怎么让老子当了回棒槌？"

来人是砸场子的，田鹤在心里暗想，见陈老太已经退到了角落里，陈荣怡也不停地给田鹤使眼色。田鹤却没后退，而是上前一步站在蛇老七的身后，听听这些人的目的到底是什么。

这些人的背后都有靠山，那些马帮、东山帮和潮州帮等等，基本上都会扶持一些当地的蛇头来维护自己地盘的统治，以人治人，这个道理每一位老大都懂。

老七见来人气势汹汹，面不改色道："大爷，东西呢，如果不要了，东西拿回来，钱我一分不少退给您。"

"东西我砸了。"那人冷冷地说道："兄弟们，给我砸！"

"等等！"田鹤走上前，问："东西砸了？"

那人扫了一眼田鹤，"听说，还有个小屁孩当托，想必就是你了？"

"是我，但我不是托。"田鹤说："东西如果砸了，那对不起，你亏的不只是钱。"

那人冷笑，说："我把你手脚砍下来，就知道亏不亏了！动手！"

那人身后的帮手立即上来要抓田鹤，这时候的陈老太在角落里自始至终没有说一句话，田鹤不知道这是为什么，但是他明白，现在他要做的，就是极力地让这些人明白，他们亏的真的不只是大洋。

"我说了等等！"田鹤甩开了冲过来的几个人的手，说："东西砸了，那老板你亏大了。据我所知，那尊佛像现在市面上只有一件，是孤品，而且我以性命保证，那绝对是真货，老板你如果因为冲动而把东西砸了，那接下来你收到的许多佛像，都将贬值。"

那人笑道："我观音手这几年还从来没有盘到贬值的东西，听你说，我倒是有点儿兴趣，你跟我说说，那东西怎么值钱了？我有的是时间。"

田鹤坐了下来，揉了揉胳膊，说道："首先，藏品讲究的不是东西本身的价值，而是它的年代和背景，现在一个普通的碗，如果让总统摸过，那就比普通的碗值钱。既然你自称观音手，那你肯定接触过很多货，多多少少都有点儿手感，你摸那尊佛像的时候，难道就没有一点儿感觉吗？"

观音手不说话，开始沉思。

田鹤快马加鞭说道："那件铜鎏金释迦牟尼佛像，是明代工匠做的独一尊，整个地球上恐怕就只有那一件，而且还是佛祖像，那是供奉在庙堂中央等善男信女请回家供奉的，所以个头小。再说，无论是从造型、面容、工艺，还是艺术价值，那件明代铜鎏金释迦牟尼像，都可算得上是上上品，我们是走门才出手，不是因为非得出手才出手。而且我也不是托，我来这里是学艺，不是为了当托。"

观音手的思想开始动摇了，心道难道真的砸错了？想来想去，还是觉得不对劲儿，既然他的人判断那是赝品，那么应该不会错，可是听田鹤说，也似乎是真的，思来想去，观音手下定了决心，说："跟我走一趟，对不对不是你说了算。"

这时，陈老太才从角落里走出来，说："观音手，几年不见，你可是发了财了。"

观音手一见是陈老太，顿时客气了起来，说道："原来是陈四娘，多年不见，你也越来越健朗了。哟，丫头都长那么大啦？既然见着了，那不如让你丫头跟着我们去参观参观我家的院子。"说完，观音手的手下把田鹤和陈荣怡一起带走了。

田鹤走了之后，老七才问陈老太："四姐，为什么要让荣怡也跟着去？"

陈老太干笑了一声，随即冷声道："我怀疑，观音手背后的那个人，应该和我们有点儿渊源，在这一行，多数同行都是抬头不见低头见，有些东西你看走了眼，他就说是真的，他说是赝品，那你就可能说是真的，这东西靠的是眼力，但也容易招来仇恨。我让丫头跟着一起去，也是为了不想听田鹤的片面之词。田鹤这人，虽然年轻，但是心计很深。"

"我没看出来。"老七说。

陈老太坐了下来，说："你没看出来我看出来了，他第一次来找我的时候，没直接找，而是在我的地址上转了几天，最后找到了我真正住的地方，也没有直接进门，而是在我房子的对面租了个房子住了下来，守株待兔以静制动。你想想看，老二教出来的徒弟，能差得了吗？"

老七听完，忍不住点了点头。

观音手住的地方很是铺张，在上海最繁华的街道中央，有一个很大的院子，观音手就把家安在了这里。

观音手没什么身份，很多年前去过一次秦岭，回来后一夜暴发。从此，观音手在古玩收藏界渐渐露出了头，很多搬砖头的人都找他出货，然后赚取一些差价。

观音手在上海古玩界的地位不算高，但也是有头有脸。当年他也是社会底层的人，从秦岭回来之后暴发，身份变了，但是骨子里的那股子穷劲儿没变。这一次被打眼，他是气得怒火中烧，可是到了地方气却消了一半，所以才没急着动手砸场子，而且蛇老七在上海根子比他还深，他要动蛇老七，得先掂量一下当年的七星是多么厉害。既然气消了一半，再加上田鹤的一番说辞，所以观音手也就没多为难，拐了陈荣怡之后，他打算让田鹤把家里的货全都扫一眼。如果再有错，那就别怪观音手不客气了。

到了观音手的家，田鹤才明白什么叫暴发户。一个200多平米的房间，摆满了各种藏货，老的是唐宋字画，新的是明清青花，种类繁多，但多是市面上常碰到的。

不过也有一些好东西，可惜多数不是全套，而是残品。

陈荣怡站在田鹤身边，说："看你的了。"

田鹤笑了笑，说："这方面，你比我强。"

陈荣怡没再说话，而是找了个地方坐了下来，仿佛这些事情和她没有任何关系。

过了一会儿，观音手带着几个人从门外走了进来。一进门，田鹤就看见了跟在观音手身后的戴着墨镜的人。这个人和在白河县见到的那个男人的轮廓很像，似乎刚从土里爬出来，浑身有种诡异的味道。这个人身上散发出来的危险气息，让田鹤浑身发冷。

"小兄弟，你看看，我这里面的东西如何？"

田鹤扫了一眼，说："我没仔细看，东西太多，而且我道行太浅，您的东西我未必全都能看出来。"

"年轻人谦虚一点儿是好事，但谦虚过了头，就是作假，这一行容不得作假的。"

田鹤发现说话的人就是那个男人，顿时向后退了一步，说："谦虚不谦虚是我的事，看不看也是我的事，您怎么说是您的事，我只知道，观音手砸了的东西，绝对是亏了。"

这一次观音手没再说话，那个男人扶了扶墨镜，说道："那铜鎏金释迦摩尼像，在我看来的确是赝品，因为我闻出了上面做旧的味道，这东西不是靠手摸眼看就能判断的，这得靠心。"

观音手听着也插不上嘴，干脆坐到陈荣怡旁边，嬉皮笑脸地说了起来。

田鹤没时间去管陈荣怡，反正这丫头自己能保护得了自己。现在他要对付的，是这个戴墨镜的人。

"既然都看出来是假的，那还叫我来干什么？"田鹤不再想参与这件事情，东西不是他的，钱也不是他收的，事情当然和他无关。

可是戴墨镜的人却说："叫你来，自然是有叫你来的道理，我从观音手的身上闻到了一股黑玉的味道，年轻人，能不能单独谈谈？"

田鹤一愣，怎么又是黑玉？

"谈可以，但不知道谈什么，我不知道您说的黑玉到底是什么。"田鹤说完，看了看陈荣怡，希望她能帮帮自己。结果陈荣怡坐在那儿一动不动，既不理会观音手的搭讪，也不理会田鹤这边的困境。

墨镜男干笑了几声，声音听起来像是一只公鸭子被捏住了脖子，"走吧，这边谈。"墨镜男说着，做了个邀请的手势。

观音手"藏馆"的旁边就是一个独立的房间，墨镜坐了下来，也请田鹤坐了下来。

"怎么称呼？"墨镜问。

"田鹤。"田鹤回答，"前辈怎么称呼？"

"叫我瞎子就行，名字早就忘了。"墨镜男说完，摘下了墨镜。田鹤看到他的两眼空无一物，空洞洞的眼窝很是吓人。"以前的时候我靠眼睛看，后来有一次看走了眼，结果我就把眼睛挖掉了。"

"那您靠什么鉴定古玩？"田鹤忍不住问。

"鼻子。"瞎子摸了摸自己的鹰钩鼻子，"看不见了，但是鉴定的东西反倒比看得见时要准。这点我知道，你不能否认。我从你身上闻出了黑玉的味道，这你也不能否认，说吧，云老二现在在哪儿？"

田鹤想不到，那么多人认识师父。

"我现在也不知道他在哪儿。"田鹤撒谎说："很长时间没见他了。"

"呵呵，云老二的脾气还是那样，喜欢独处，但是又控制不住自己的好奇心，早晚有一天要被自己的好奇心害死。年轻人，你真不知道黑玉在哪儿？"

"我不知道，而且我也不知道您说的黑玉到底是什么。"田鹤说。

瞎子说："那你回去问问，云老二不会那么多年也不去弄懂关于黑玉的事，他肯定知道黑玉在哪儿，你替我向他传个话，就说瞎子有事找他，让他最近不要出门，方便的话，让他来上海鬼市找我。"

田鹤点点头，算是答应，但是这话是永远传不到了。

瞎子说："回去转告蛇老七，那佛像我拿了，没砸。还有，回去给蛇老七传个话，有些事情不要太急着追根问底，有些事情是没有理由也没有结果的，让他早点儿收手。就这样吧。"

说完，瞎子就起身要走。田鹤忙叫住他："前辈，您到底是什么人？"

瞎子站住了，说："你告诉他们，我就叫瞎子，上海没几个瞎子的。"说完，瞎子就走了。田鹤回到了藏馆内，陈荣怡还在。观音手见田鹤回来了，上前问："怎么样，谈完了？谈完了可以看看我的东西了吧？"

田鹤扫了一眼，说："你这里的东西市面上都有，不过那架子上装画的陶罐倒有些年头了。"

观音手忍不住看了一眼那陶罐，顿时怒道："你耍我呢？那是我从一户人家抢回来的，那也值钱？你少跟我糊弄，仔细看看！"

"他说得没错，你这房间里，就那陶罐值钱。"陈荣怡站起来，"让我做你的四姨太，我一点儿兴趣都没有，你就是把这里的东西都送给我，我也不会做你的四姨太。田鹤，我们走。"说完陈荣怡拉着田鹤就走。

"四姨太？"田鹤忍不住问："他让你当他的四姨太？"

"怎么，你也想让我当你的姨太太吗？你有这一房子古玩，我就当，当八姨太都行。"陈荣怡玩笑地说了一句，拉着田鹤就走。

一路上，田鹤决定一定要把黑玉的事情搞清楚。这几天来，围绕着黑玉找他的人很多，尤其是今天瞎子说的话，更让田鹤觉得那块师父经常带在身边的黑玉，绝对不只是一块玉那么简单。

那块师父常年带在身边的黑玉，到底有什么秘密呢？为什么师父说那块黑玉是从田鹤身上拿下来的？

田鹤觉得这块黑玉甚至和自己的身世有关，说不定还隐藏着一些巨大的秘密。现在，黑玉就在他身上，但是他却不知道该用这块黑玉来干什么。陈荣怡见田鹤皱着眉头，问："你皱着眉头干什么，难道让我当你的姨太太委屈你了吗？"

"不是！"田鹤说："我在想那块黑玉的事。"

"黑玉？那块黑玉的事，我知道一点点，但是不多。"

"能说说吗？"田鹤迫不及待地问。

陈荣怡说："现在先不说，有人跟着我们。"

田鹤没回头看，被陈荣怡带着钻到了小巷子里。"这条巷子离鬼市比较近，你去鬼市等我。我回头单独找你。"

陈荣怡回头走了。田鹤没有直接回鬼市，而是悄悄地跟着陈荣怡。陈荣怡的性格田鹤大致能够了解，但不够深入。七星传奇在10年前叱咤风云，但是瞎子已经销声匿迹，后起之秀取代七星传奇的可能性很大，而这位陈荣怡，就是和田鹤很像的一位人物。

在她的身影下，也许有着比云山子还要多的秘密。这是田鹤的直觉。

跟着陈荣怡一直钻了许多巷子，直到来到了八里街，陈荣怡才放慢了脚步。这期间，田鹤并没有发现有人跟踪自己，相反，他倒成了跟踪别人的人。陈荣怡在一个摊位面前停了几分钟后，继续向前走。这期间，她和摊位的老板说了几句话，但是距离太远，田鹤也没听到他们到底在说什么。

时间已经是下午两点，田鹤的肚子在告诉他，这一切都是他自己多想了。陈荣怡离开了摊位之后，田鹤决定跟上去说明情况，但是走到摊位前的时候，摊位的老板叫住了他。

"喂，小兄弟，别跟了，人家出一个大洋让我告诉你，你都跟了几条街了，到底要跟到什么时候？"

摊位老板的话让田鹤非常震惊。

她发现他了？

不可能！一路跟过来，田鹤坚信陈荣怡根本就没有发觉到他的存在，但是老板的话证实了他是错的，陈荣怡的确发现他了。

"你跟我来。"正在田鹤纳闷的时候，陈荣怡的声音在他的身后响起。

转过身，田鹤看到陈荣怡一脸不高兴地看着他。"跟我来。"陈荣怡说。田鹤只能跟着她，一直回到了鬼市。这期间，陈荣怡一句话都没有说，反倒是买了一些青菜猪肉和一些散装酒。

到了鬼市老七的店铺，陈荣怡很不高兴的样子让陈老太很是奇怪。在被追问了几次之后，陈荣怡对陈老太说："他怀疑我，跟踪我。"

陈老太很惊讶地看了一眼田鹤，没说什么。田鹤觉得很奇怪，怎么这些人总是神神秘秘的？陈老太提着菜走时喃喃地说了一句："人心不古。"蛇老七好像又回到了坐在摊位前的样子，什么话都没说，就带着个破包裹走了出去。

陈荣怡站在门口听了一会儿，确定人都走了之后，对田鹤说："你跟我来，我有话要对你说。"

田鹤知道，接下来肯定是非常严肃的盘问。陈荣怡把田鹤带了出去，在鬼市里转了半个多小时，才把田鹤带回了租屋。这一次，陈荣怡没有回租的房子，而是把田鹤带到了那栋破楼里。田鹤以为陈荣怡要盘问，但是，事事都出乎田鹤的意料之外，陈荣怡没有盘问，而是问他那个戴墨镜的人找他说了些什么。

田鹤说："没说什么，托我给师父带几句话。"

陈荣怡"哦"了一声，从坤包里拿出一张相片问田鹤："是这里面的人吗？"

田鹤仔细地看了看相片，发现这张相片和陈老太拿出来的相片有许多相似之处，也是 7 个人，也是在那个背景下，但是这里面少了陈老太，而多了那个瞎子。田鹤不明白这又是为什么，又发生了什么，他选择了沉默。

"你不说我也知道，你是不是很奇怪我为什么有这张相片，为什么里面的人不一样对不对？"陈荣怡的语气不容置疑。

"对。"田鹤不再沉默，问出了自己的疑问，"你们到底是什么人，你们说的七星，真的和师父有关？"

陈荣怡说："那你得问问我是什么人。"

田鹤不知道自己是该问还是不该问。

陈荣怡笑了笑，说："我知道你很奇怪，但是我告诉你，七星传奇只是传奇，你不要多想什么。我知道你心中的疑问，你疑问的是我为什么有这张相片而且人物不一样，而我疑问的是陈奶奶为什么有那张相片，而且里面的人物不一样。"

"你我的疑问不是同一个疑问吗？"田鹤问。

陈荣怡说："不一样，因为这里面涉及到谁真谁假的问题。我相信你，从你在 35 号地址上转的时候，我就注意你了，我把内衣挂在阳台上，就是为了告诉你，你应该直接到房子里去找人，而不是到对面租一间房子。好了，我就说到这里，如果你还想知道些什么，晚上 12 点的时候，我去找你。"

"找我？"田鹤不解，"什么意思？"

陈荣怡说："你不回家吗？你都找到我们了，你还在这里干什么，你应该回你的住处，回你师父和你住的地方，我晚上去找你。"

陈荣怡走出破楼前，又对田鹤说："别相信任何人。"

田鹤越来越糊涂，回到了租屋吃了中午饭，已经是下午 4 点多。田鹤对陈老太说，回自己的地方看看，师父的有些遗物得整理整理。陈老太没问别的，而是对田鹤说："去吧，不要相信任何人。"

田鹤回到住处的时候，是晚上 6 点多，下午 4 点多的时候才吃的中午饭，相隔两个小时，也不太饿，所以田鹤给自己泡了点茶，就钻到了师父去白河县之前进去过的房间。

房间里的东西大致都没有变，只是墙上被师父云山子贴了许多纸，纸上面被画得乱七八糟，唯一能看清的，就是"白河县"3 个字。田鹤坐在凳子上，盯着墙看了一个多小时，也没看出来那些乱七八糟的线条到底代表什么。

田鹤觉得累了，和衣倒在师父睡过的床上打眯瞪，心里想着今晚 12 点陈荣怡还要来找他，所以没敢睡熟。睡到半夜 10 点多，田鹤起床来，把师父的遗物整理了一下。云山子的东西不多，多数都是一些古玩鉴定后的心得，写出来足足有几箱子，但是这些田鹤基本上都会。突然，田鹤发现在这些心得当中，有几张纸的颜色和别的纸不同。

他立即把那几张纸抽了出来。这几张纸明显大了许多，颜色发黄，上面用红毛笔写了很醒目的几个大字：黑玉龙凤配，鎏金貔貅，秦金帛书。然后在"鎏金貔貅"上，被人用黑毛笔画了一个很大的圆圈。

田鹤忽然来了精神，终于有线索把困扰他的几样东西联系到了一起。这几张纸显然是师父的，从字迹上来看的确是师父写的没错。而且笔记工整，毫不拖泥带水，可以判断出来，云山子在写这几个字的时候，心态很稳。

而在"鎏金貔貅"4个字上画了圈，说明云山子一定被某个问题困扰在了这貔貅上，所以才在上面画圈做强调。想到这儿，田鹤打算把藏起来的鎏金貔貅拿出来，仔细研究研究。说不定，在那鎏金镶嵌貔貅上，就能找到一直困扰师父的问题。可关键是，到底是什么问题困扰着师父？

田鹤把这几张纸折叠好，压在了书桌玻璃下，然后在那几张纸上又压了一些寻常被师父鉴定过的古玩照片。整理好了这些之后，看看时间，11 点 50 分。田鹤寻思着陈荣怡差不多找到这里了，便把师父的其他遗物都收拾好，自己坐在大厅里专等她来。

12 点整，门外响起了敲门声。

田鹤虽然有心理准备，但还是一惊：陈荣怡太准时了，准得有些可怕。

站在门内，田鹤小声问："谁？"

门外说："是你八姨太。"

田鹤一愣，随即想起来今天陈荣怡半开玩笑半认真说要当他姨太太的话，顿时觉得陈荣怡计划的事情，似乎太详细了。她今天说的每一句话，似乎都有目的。

开了门，果然是陈荣怡。

田鹤要开灯，陈荣怡没让，而是说："去你师父的卧室。"

田鹤把陈荣怡带到了师父的卧室，陈荣怡进门后，随手把门反锁了起来，然后陈荣怡问田鹤："我们有一个小时的时间，你挑紧要的问，我都回答你，你问完我再问你。"

田鹤没想到时间那么急，于是问："你是什么人？"

黑暗中，陈荣怡好像知道田鹤要这样问，她回答："我反正不是叫陈荣怡，你以后就叫我陈荣怡就行，不过我绝对是可以让你信任的人，接着问。"

"你为什么有那张相片？两张相片都是七星传奇中的7个人？如果是，那哪张是真，哪张是假？"田鹤接连问出了3个问题。

陈荣怡停顿了一下，说："我搞到这张相片是因为这张相片就是云二叔给我的，七星传奇里面的人都变了，唯独云二叔没变。因为七星传奇根本就没有去过那个地方，两张相片里的有些人，不是七星传奇，你没有发现吗，两张相片中，你师父的样子根本就没有什么变化，同一个人同一个动作，同一个表情，不可能出现在两张不同的相片里，除非拍相片的人在相片上做了手脚。"

田鹤暗惊，陈荣怡手中的相片是师父给她的？那么师父认识她，并且关系很好？10年了，从来就没有听师父说起过陈荣怡这个人，甚至连她的存在都没有提到过！师父的心里，到底隐藏了多少秘密？

两张背景相同的照片，但里面的人却变了一个，陈老太变成了"瞎子"，那么到底哪张相片是真的？

"那个地方是什么地方？为什么七星传奇中的7个人都变了？"

陈荣怡说道："不是全都变了，是部分人变了，原因是在10年前有一个神秘人物邀请七星传奇的7个人鉴定一件货，结果一去不复返，后来就出现了这张相片，说是七星传奇在当地拍的，但是我绝对不相信这相片是真的，包括陈奶奶手中的那一张也不是真的。那个地方你也去过，而且你刚去过不久。"

"白河县？"田鹤再次震惊。

"对，就是白河县。我相信云二叔在去之前，肯定做了许多功课，但是他这一次遇难，一定是功课没有做到家，反倒被人害了。"

田鹤再问："那你知道不知道害我师父的人是什么人？"

"不知道。行了，下面该我问你了。"陈荣怡不再让田鹤问下去，而开始反问田鹤。

第三章 邪门的古玩鉴定

"你对云二叔了解多少？"陈荣怡问。田鹤想了想，这算问题吗？对师父了解多少，10 年在一起，从没分开过，你说能了解多少？

"除了过去，几乎全部。"田鹤说。

"这根本不算回答。"陈荣怡说："这 10 多年来，你就没有听到过任何关于黑玉的事情？关于那一次鉴定的事情？"

田鹤不知道陈荣怡为什么那么信任自己，说："从来没有，师父从来都没有提到过任何关于鉴定的事情，从来没有。你为什么那么信任我？"

陈荣怡说："我没有可以信任的人，只能信任你，除了你，我不知道该信任谁。"

"那你能不能跟我说说，你总是提到的鉴定的事情？"田鹤问。

"现在是我问你，而不是你问我，还有半小时，你把灯打开，我让你看一样东西。"陈荣怡要求田鹤把灯打开。25 瓦的电灯泡突然被拉亮了之后，灯光显得非常刺眼。田鹤揉了揉眼睛，问："什么东西？"

但是，当田鹤看着眼前的这个人时，却不是陈荣怡！

田鹤大惊："是你！"

"对，是我。"对面站着的不是陈荣怡，而是陈老太。陈老太微微笑了笑，说："你知道得挺多，陈荣怡那丫头对你还挺有情义，开始冷声不说话，现在又找你说这些，果然是人心不古。"

"你到底是什么人？"田鹤不知道自己现在到底该怎么办，如果师父在会怎么办？

陈老太笑了笑，说："我是什么人？我是七星老四。"

田鹤哑口无言，不知道这事情为什么会发展得那么复杂。陈老太说："行了，你睡吧，我回了。"

"陈荣怡在哪儿？"田鹤感觉到陈荣怡出事了。

"她？"陈老太似乎想了想，说道："她在一个你找不到的地方。"陈老太走了，留下田鹤异常不安。

陈老太走了，田鹤一夜都没睡着，天还没亮，他便带上那几张纸出了门。这一次，他可能不再回来，他要去白河县，亲自去查一查，10年前到底发生了什么。而这件事情的关键人物，就是熊三爷。田鹤打算直接去找熊三爷，其余的人都不应该相信，包括陈荣怡。昨天晚上的对话让田鹤对陈老太提高了十二分的警惕。

什么七星传奇，那都是假的，真正值得信任的人，只有自己。10年前到底发生了什么？田鹤心想。

他来到了火车站，在火车站前的一家旅馆住了下来，然后买了到陕西西安的火车票，他打算转车，不停地转，一直转到不能再转为止。为了不让那些值得怀疑的人跟踪自己，他必须要这样做。

隔了3天，田鹤又到火车站把票退了，然后买当天的车票直接上了火车。这一次，田鹤认为自己绝对是一个人了。但是当他上车了之后，突然一个人拍了一下他的肩膀。

"一个人？"田鹤一回头，便看到瞎子站在了自己的身边问自己。

"怎么又是你？！"田鹤真的有点儿快发疯了，这几天怎么这些人总是阴魂不散？瞎子笑了笑，说："你说'又'？怎么又是我，那次之后，你再见到我吗？"

田鹤说："没有，你为什么会在这里？"

瞎子又笑了笑，说："去我的包厢。"

瞎子把田鹤带到一个包厢，一进门，他看到里面还坐着两个人，陈荣怡和观音手，"小兄弟，我们又见面了。"

观音手看起来不再像是黑帮的，而是带着很客气的语气对田鹤说话。

"你们？"田鹤发觉自己这辈子可能永远甩不掉他们了。

"小兄弟，你先坐。"观音手对田鹤说完，然后问瞎子："谁先说？"

瞎子没说话，而是坐下来不知道在想什么。观音手看着陈荣怡，陈荣怡说："那天晚上我没去找你，失约了。"

"那天晚上有人去找我了。"田鹤说："好了，不说这个，这个等会儿再说，你们这是要去哪儿？"

"你去哪儿我们去哪儿。"陈荣怡说："这一次不是下地，也不是去干别的，而是去找一件东西。"

"什么东西？"田鹤问。

"10年前被鉴定的东西。"陈荣怡说："这一次，我们帮你找答案，而且，我们还要去见见你师父最后见的人。"

"他走了，不在白河县。"田鹤说。

"哦，你这是要去白河县！"观音手忽然说："我以为你不会告诉我们。"

"你们！"田鹤发觉又一次被耍了。

"哈哈。"观音手笑了，"放心，我们也是去白河县。顺便和你说一下我们知道的10年前的鉴定活动。那是件大事，一般人不知道，知道的人几乎都死光了，包括七星传奇中的7个人。"

"对，10年前有一次很大的鉴定活动，也不能说很大，只能说很隐秘，那件东西现在可能还在白河县的某一个人手中，而且这个人非常强大，强大到地方上没人敢动他。"陈荣怡说："而且那次鉴定，可能是有史以来最严肃的一次。"

"鉴定的东西到底是什么？"田鹤越来越好奇。10年前到底鉴定了什么，让七星传奇的7个人现在都销声匿迹了？而且又和黑玉、貔貅有什么关系？

"是十二生肖中的龙首。"瞎子插话说："在白河县，出土了十二生肖，但是刚出土就地震了，十二生肖中除了龙首，其余的全都诡异地消失，当时有个人带着军队把龙首抢走了，后来就发生了军阀混战，但是小范围的，最后龙首被一位杨姓军阀带走了。之后，这位杨姓军阀在上海请了七星传奇去鉴定，七星传奇去了之后，发觉是12个龙首，而不是一个。"

"对。"观音手说："当时的情况我知道，杨姓军阀造了11个仿造的龙首，让七星传奇鉴定，结果七星传奇鉴定出来的结果，是12个都是假的。之后，七星传奇就销声匿迹了，再也没有出现过，但是你师父，也就是云二爷，后来在上海出现，足不出户，依然靠鉴定为生。"

"你为什么知道得那么清楚？"田鹤奇怪地问。

"因为他当时就是杨姓军阀的手下，当时的挖掘行动，就是他负责的。不过不是在白河县，而是在秦岭。"瞎子说："当时我也在，我看见了那龙首，我也鉴定了，但是我鉴定出来的结果，是其中有一个是真的。"

"你的眼睛，就是那时候瞎的？"田鹤问。

"呵呵，"瞎子说："10年了，我忘不掉那个龙首。纯金的，好几百公斤重。"

"为什么又是真又是假，那12个龙首之中到底哪一个是真的？"田鹤问。

瞎子说："没有真的，全都是假的，七星传奇的鉴定结果是正确的，我当时不懂，以为这其中一个必然是真的，然后就选了一个最有可能是真的说是真的，其实我知道那些都是假的，但是我想杨姓军阀应该需要一个真的龙首来制造舆论，所以我犯了一个错误。"

"什么错误？"

"我没领悟杨姓军阀的意思，他是要把龙首永久地藏起来，因此才制造了12个龙首。"瞎子说完，叹了口气。

"那我们再一次去白河县，目的是找龙首？"田鹤似乎明白了这一行的目的。

陈荣怡说："不是，龙首不太可能找到，我们是要去打猎。"

"打猎？"田鹤又糊涂了，"打什么猎？"

观音手说："不是那种打猎，我们是去扫荡。白河县曾经有一个很大的土坑，和秦岭离得很近，可以说是通到了秦岭。我当时在的时候，从里面带出来了一个盒子和一些零碎的东西，但是后来，盒子丢了。"

"盒子里有可能是什么？"田鹤问。

观音手说："可能是块玉佩，而且是貔貅玉佩，这个盒子后来的下落大概是到了上海，被人收走了。大致的下落我也不太清楚，但是瞎子可能知道。"

"我只知道那盒子里有块黑玉，后来被云山子拿走了。"瞎子说："那块黑玉，应该是和盒子在一起的，和黑玉在一起的还有一块貔貅，但是貔貅的下落不明。我觉得盒子里肯定还有另外的一些东西，可惜我们现在不可能知道了。"

田鹤沉默，不再说话。

大家都开始沉默。这一次，田鹤了解到了一点儿自己想要的信息。自己身上带来的黑玉，是云山子拿来的，这条消息倒是真的，可信度很高。再者，那块貔貅玉佩的出现也非常突兀。

想到玉佩，田鹤想到了那几张纸。他问陈荣怡："你为什么没有去找我？"

陈荣怡说："其实这件事情怪我，当天晚上，陈老太不在，我怀疑她出去办她自己的事情去了，我没敢出门。"

"陈老太来找我了。"田鹤说："12 点的时候，准时在我家门口出现。"

"她是怎么知道的？她知道我们的谈话吗？"陈荣怡惊讶地问。

"这事我得问你。"田鹤看着陈荣怡，"你到底是什么人？"

"你都问了好多遍了。"陈荣怡说："好了，不说这个了，休息吧。"

陈荣怡说完倒头就睡。田鹤百无聊赖，便开始想着自己的事。观音手和瞎子也不说话了。3 个人相对沉默了许久。

一路上再也没有多余的话，到了西安之后，瞎子说："分开吧，3天后在这里集合。不要散了。"

田鹤问："为什么？"

瞎子说："方便行动，被抓到了，也不至于团灭。"

田鹤认同。

4 个人分开行动，但是田鹤在西安转了半天之后，觉得身后有人跟着。回头看，没有人，再回头还是没有人。一直转到中午吃了午饭，田鹤才没有那种被人跟踪的感觉。田鹤心想，难道是错觉？

田鹤打听了一下，找到了西安的古玩市场：桐城市场。这里是古玩的阳市，很多人都在这里淘换东西。田鹤转了半天，也没见有什么好东西。一般好东西也不会拿到明面上来。田鹤没什么事，也不知道到底应该从何处开始查起，只能毫无目的地转着。

忽然地，田鹤意识到了什么，找了个人少的地方，把黑玉拿了出来。那块黑玉只有半个巴掌那么大，通体晶莹乌黑，但却是一半，在黑玉的中间有一个正方形的小空洞，想必之前的时候这里面还有东西。应该还有另外一块黑玉存在，就是陈老太手中拿的那一块。如果两块合到一起，应该是完整的。

田鹤想到了一个引蛇出洞的办法。

他在这个地方找了个空地，再找来几块砖坐了下来，然后在面前插了根稻草把黑玉摆了出来。等到了晚上收市的时候，也没有人来问。田鹤有点儿坐不住了。

第二天依然如此，无人问津，田鹤心想，是不是来错地方了。第三天依然无人问，直到和他们集合。

瞎子等人依然是那样，4个人找了辆车，一直来到白河县。瞎子问："到了是不是？"田鹤说："到了。"

瞎子点点头，"空气中有土腥味。带我去你师父最后去的地方。"

田鹤真的把人带到了那户人家，同样的是，那户人家门前还有石灰线，但石门前的石头不见了。田鹤说："就是这里。"

观音手说："就是这里？"

田鹤说："对，就是这里。"

观音手绕着房子转了一圈，说："这里根本就没有人住过啊，荒了多少年了。"田鹤说："对，师父去世之后，我回来过一次，这里的确没有人住。"

陈荣怡看了看，说："这里有人来过。"

田鹤说："对。"

"不是你说的那些人，是在你走了之后。"陈荣怡透过门缝向里面看了看，"这里有火把的痕迹，晚上应该有人来过。我们在这里等。"

田鹤觉得现在像是在查案。

4个人等到了晚上，果然有人来了。这一次来的人多，其中一个人喊："找，到处找，把人找出来。"

田鹤认为，这些人就是在找他们的。那些人很快散了开来，田鹤几个人想走已经来不及了，很快，瞎子和观音手被逮到了，被五花大绑地送到了那人身边。藏在草垛后面的田鹤借着火把的光一看，那人不是别人，正是那天卖貔貅玉佩的人。田鹤真想冲出去，但是现在人家手中有枪。

有枪的就是大爷。

陈荣怡拉住了田鹤，对他做了一个噤声的手势。田鹤忍住了冲动，等那些人走了之后，陈荣怡说："看见人了？"

"看见了。"田鹤说："就是那天的人。"

陈荣怡说："我们找个地方住下来，从长计议，这些人一直都在跟着我们，我们甩不掉，而且这些人的势力很大，务必要把我们除根。"

田鹤问："好，不过你得女扮男装。"

陈荣怡同意了。

白河县城比较偏僻，想找个好点儿的地方也不太容易。两个人到了客栈，也只有一个房间。陈荣怡说："我是你八姨太，但你不能占我便宜，你睡地上我睡床。"

"好。"田鹤答应了。

晚上，田鹤躺在冰凉的地上，拿出那块黑玉仔细地研究，但始终看不出来这黑玉到底神奇在什么地方，更看不出来这黑玉与龙首又有什么联系。

陈荣怡在床上听到田鹤翻来覆去的，就问："地上冷，你就到床上来，我们还有很长时间劳累，你不要冻病了。"

"我没事。"田鹤说完拉上被子准备睡。

陈荣怡见这傻子不上床，就自己下了床，在田鹤的身边躺了下来，"你对女人没兴趣？"陈荣怡吐气如兰。

"不是。"田鹤忽然脸红了。

"我都说了是你的八姨太，你还怕什么，现在是晚上，晚上就不要想那么多。"陈荣怡伸手把田鹤抱住了。"10 年前，那次龙首鉴定，你认为发现了些什么？"

"我不知道。"田鹤的心狂跳。

"其实我也不知道，我也是来找答案的。我想让你帮我一个忙。"陈荣怡说。

"什么忙？"田鹤转过身来问，正好对着陈荣怡的樱桃小嘴。田鹤的身体里，忽然冒出了一团火。这是他这 20 多年来，第一次如此近距离地面对一位年轻漂亮的姑娘……

"我觉得很邪门。"田鹤试图转移自己的视线，但却被陈荣怡看在眼中。

"邪门在什么地方？"陈荣怡问。

"那位杨姓军阀，似乎不是为了鉴定龙首，而是为了吸引鉴定师。龙首只是幌子，真正吸引七星的，不是龙首，而是那张帛书。七星不是冲着龙首来的，而是借着龙首的名义来找帛书的。"

"你是说，陈奶奶说的那张帛书？"陈荣怡问。

"对，就是那张帛书。"田鹤把黑玉拿了出来，"你看这里面的空隙，应该是放帛书的地方，七星真正要找的，是帛书，是鉴定帛书的真假。但不知道到底找到了没有，我觉得，应该是找到了。"

"你说得有道理，但是邪门在什么地方？"陈荣怡坐了起来，整理了一下头发。田鹤也坐了起来，说："邪门的是那两张照片。为什么有人要伪造出来那两张照片。伪造的目的显然是掩盖七星的真正成员有哪些，可是为什么单独地把陈老太换成瞎子？"

陈荣怡说："这也是我来这里的原因之一，希望我们能找到各自的答案。睡吧，天不早了，你真的不到床上来？"

"不去。"田鹤拒绝了。

"好吧。"陈荣怡微微一笑，"姨太太我给你机会了，你没把握住，以后再也没有这样的机会了。"

陈荣怡上了床，不管田鹤，自己睡着了。

这夜过得真慢，田鹤心想。

"你要我帮什么忙？"田鹤想起刚才陈荣怡说的话，问了之后，心想还是明天再问吧，结果陈荣怡也没睡着。"明天我在暗处，你在明处，你去见熊三爷，我查他的底。还有，熊三爷手里肯定有东西，我们去看看。睡吧，明天边走边说。"

"好。"田鹤答应了，迷迷糊糊睡了过去。

白河县的街头上出现了一位年轻的陌生面孔，穿着黑大衣，戴着鸭舌帽。这个人就是田鹤。按照事先商量好的计划，田鹤站在了明处。但他不确定能见到熊三爷。田鹤没打算直接去那个茶楼，而是在街面上四处闲逛。暗处，陈荣怡一直在跟着他。

白河县是比较偏僻的地方，虽然偏僻，但却形成了一个小世界。这里的人自给自足，基本上各种生活需要都能满足。因为靠近秦岭，所以这里秦代古玩比较多，赝品也少。田鹤转到了一家古玩铺子的时候，一眼瞧见了铺子里摆放的一件青铜钟。

这是编钟的一部分，属于小件，体积大约有一个唢呐头那么大。田鹤一眼便瞧出了这件编钟的价值，便准备问问老板这编钟的来历。

老板很爽快，告诉田鹤说："收来的，要拿的话200大洋。"田鹤没带那么多大洋，便让老板把东西留着，过几天来包。老板依然很爽快，便把编钟从架子上拿了下来，放到了柜台下面。

正要走，老板问田鹤："老板是外地来的？听口音像是上海人。我们这里明天有个比较大的古玩鉴赏会，如果你有兴趣，可以去看看，不少好东西，就看你有没有眼力。不过看上眼的东西，基本上都是黄金交易。"

田鹤笑了笑，说："明天几点？"

"不按点，"老板说："只要你去，就有人，不过只限一天。"

接下来，田鹤和陈荣怡还是这样的计划，陈荣怡在暗，田鹤在明。田鹤来到了所谓的古玩鉴赏会，其实发现这里就是一个不大的像批发市场一样的地方。但是，这里面的东西，基本上都是正品。明天才是鉴赏会，所以这里面冷冷清清没几个人，显得非常萧条。

田鹤把自己伪装得像个老板，然后在各个摊位上闲逛，当看到一位老板面前的东西时，田鹤随手拿起了一个唐三彩，问老板："东西哪来的？"

"祖传的。"老板笑了笑，点上一支烟说："传了好几辈，缺钱才拿来出手，不然还在家里藏着呢。"

田鹤笑了笑，说："祖传的东西也舍得拿出来摆着？看来你这摊子上祖传的东西不少啊？"

老板诡异地笑道："那是，咱们诚心买卖，你要有看上眼的，你挑着就是，话说多了分爱听不爱听。那唐三彩正宗官窑出的，上面的龟裂可是假冒不出来的。"

田鹤把那唐三彩拿在手里看了看，这是一个女佣，色泽均匀饱满，人物线条丰满，符合唐人的特点，只是这彩有点儿太浓了，好像是故意做出色泽饱满，但是却有点儿过。但是从手法工艺上来看，这件三彩没有什么问题。

"怎么出？"田鹤问。

"上眼了？上眼的话，两根金条。"老板漫天要价。

田鹤就地还钱："一根金条，我现在就拿走。"

老板思忖了一下，说："一根不行，得两根，这是祖传的，你要不信，你可以访去。"老板说的"访"是让田鹤到处问问这价格，也可以拿着东西在这附近找主顾或者老板询问，这是一种明码标价的行为，一般摊位老板都会这样做，不过也有的人是不会让主顾把东西拿出摊位两米远的。

田鹤笑了笑，说："给你 3 根金条，但你得回答我几个问题。"

"看你问什么，有些问题我也回答不上来，你要问我蒋委员长什么时候下台，那我还真不知道。"老板开始耍嘴皮子。

田鹤说："这里 10 年前是不是来过一批和我一样的，带着上海口音的人？"

老板想了想，把手伸了出来。田鹤摸出一根金条塞到了老板的手里，老板掂量掂量后，说："以前来过，10 年前了，那时候我还没入行。"陈荣怡在暗处看见田鹤出手大方，不禁为这混小子感到担心。

"那 10 年前他们来的时候，这白河县发生了什么事？"田鹤又拿出一根金条塞到了老板的手里。

老板说："这事你都不知道，白费你一根金条了。龙首！10 年前在前山挖出了个地洞，很大，从里面起了十二生肖，鼠牛虎兔龙蛇马羊……件件齐全。但是突然发生了一次地震，地震倒是不大，没死几个人，但是听说把那十二生肖震得只剩下了个龙首。"

"后来龙首去哪儿了？"田鹤又拿出了一根金条。

"老板，接下来问题你不用回答了。"陈荣怡实在看不下去了，钱如果这样花，金山银山都让田鹤给花光。"龙首被人收走了，是个本地军阀。"

老板看了一眼陈荣怡，笑了笑，说："还是小姐你懂得多，小兄弟，你这3根金条买个唐三彩，真是棒槌。"田鹤没说话，而是拿着唐三彩女佣和陈荣怡走了。

他们前脚刚走，后脚就有几个人围了上来，老板一见又有人围了上来，心道那小兄弟是个财神爷吗，怎么前脚刚走，后脚就有人来摊位上看东西了？可是老板想错了，那几个人摸出枪来顶住了老板的脑袋，问："刚才那人说了些什么，你说了些什么？"

老板吓得差点儿尿了裤子，把田鹤问的问题像竹筒倒豆子一样全都倒了出来。

陈荣怡很不解地问："你钱多吗？"

田鹤问："怎么说？"

陈荣怡把唐三彩拿过来，说："这东西要花3根金条？"

"我是为了问话。"田鹤笑了笑，把唐三彩抢了过来，说："而且这东西也不止3根金条。拿到上海出手，5根金条我都不舍得出。"

陈荣怡问："那你问出什么来了没？"

"你都听到了，你还问我。"田鹤说："看来我们得去一趟那军阀的家了。我们得把龙首拿出来看看。"

"现在你不确定龙首就在军阀的家里，而且既然是军阀，那霸占一方多年，人家的家里防卫得跟铁桶一样，是你说进就进的？"陈荣怡怀疑田鹤的脑子有问题。

田鹤说："我肯定不进，得让观音手进。"

"他？"陈荣怡认识观音手10年，还不知道观音手会当梁上君子。

"对，是观音手。"田鹤说："走，找瞎子他们去。"

接连找了3天，也没找到瞎子，瞎子和观音手就像是泥牛入海一样，完全消失了。

回到客栈，田鹤和陈荣怡两人简单地吃了点东西，然后便有人敲门。田鹤在门内透过门缝看了看，打开门后老板站在门口说："二位，有人托我给你带封信。"

田鹤很奇怪，有人带信？谁？

关上门，田鹤和陈荣怡拆开信，只见信里有一副墨镜，还有一张纸。纸上用毛笔潦草地写了几个字：拿黑玉赎人，杨。

陈荣怡惊诧地看着田鹤问："怎么办？赎人吗？你的黑玉呢？"

田鹤坐了下来，冷静地思考后，说："不行，我们暴露了。我们这几天的行动虽然隐蔽，但还是有人长了贼眼。我们的行踪被人家完全掌控了，我们非常危险。"

"那接下来怎么办？看着瞎子被人打死？"陈荣怡问。田鹤想了想，说："现在我们只是知道瞎子被抓了，观音手不知道有没有被抓，我们得先确定观音手有没有被抓，才能反客为主，否则我们将一直被动。"

"那接下来我们怎么办？"陈荣怡问。

田鹤说："你在这里等我，我下去看看。"田鹤下了楼，刚走到柜台，就见老板急匆匆地要上楼，见田鹤下来了，老板拿着一封信说："对不住，又有一封信送来，还是给您的，我正要给您送上去。"

田鹤心道，到底是怎么回事？怎么那么乱？！

田鹤忙问老板："送信的是什么人？"

老板说："这个，是个军人，不过很面生，从来没见过。"

"军人？"田鹤奇怪了，这一路上走过来，没见到什么军人啊？难道是他？"老板，你们这里不是有个司令吗？请问这位司令怎么称呼？"

"哦。"老板说："你问他啊，杨司令，具体名字不知道，好像为人还不错，只是从来没见过面，这几年杨司令活动很频繁，对了，前段时间前山挖出来个地洞，杨将军还亲自去过，这件事情白河县妇孺皆知，你们是外地人，应该不知道。"

"杨司令？"田鹤有点儿纳闷，"杨司令又是谁？他就是收走龙首的那个人吗？"

"对啊，就是杨司令，真名不知道叫什么。"老板说："对了，这信我交到你手里了，我的任务完成，行了，老板早点休息吧，明天可就是鉴赏会，看你回来的时候手里拿着三彩，应该是来寻宝的吧？"

田鹤点点头，算是默认。

回到客房，陈荣怡忙问："问出什么了没有？"

田鹤说："只问出了这里的军阀姓杨，具体的没问出来，看来我们得亲自走一趟了。"

陈荣怡思考着自己的问题，没有说话。现在的情况非常诡异，不知道发生了什么，不知道接下来该怎么做，更不知道对方到底是什么人。而他们却被对方牢牢地控制住，什么都不知道。

田鹤想了想，问陈荣怡："我们要不要去看看被挖出来的地洞？"

"不去！"陈荣怡一口回绝，"我们只是鉴赏判断，不是盗墓贼！伤天害理的事情，我们不干！"陈荣怡似乎非常排斥去地洞，田鹤见她反应那么大，也就没再多问。他反正睡不着，而且看着陈荣怡大大咧咧地在自己面前脱得只剩下了内衣，不禁浑身燥热，穿上衣服出了门，想到街面上找点酒喝。

白河县的夜生活还算丰富，比白天还要热闹。田鹤来到一家酒楼，找了个座位坐了下来，开始听晚间的民间小戏。不少卖烟卖酒的少女穿梭在客人中间，兜售自己的货物。

台上的歌女声音很好听，唱的是《眉户》，曲调优美，声音动人。田鹤不自觉地跟着哼了起来，虽然他不会唱。正听得过瘾，忽然听到旁边吵吵杂杂，好不难受，循声看去，却见是两个当兵的正拉着卖烟的小姑娘犯混。

田鹤一见便发怒，上前一脚踹开了正在拉扯少女衣服的士兵，然后一拳将另外一个正准备掏枪的士兵打翻在地。戏场内一见有人打架，而且打的还是士兵，顿时该跑的全跑了，只有那卖烟的小女孩惊恐地缩在桌子底下，不知道如何是好。

两个当兵的头晕眼花地从地上爬起来，嘴里叽里呱啦地说了一通，田鹤完全听不懂。但是田鹤听出来，这不是中国话，而是东洋话！田鹤意识到，自己闯祸了！两个兵从地上爬起来开始向外跑，田鹤知道如果不把这两人弄死，将来必然是大麻烦，于是摸起桌子上的酒壶，摔碎了之后冲上去，将其中一个人的脖子划出了道口子。

另外一个士兵惊恐地看着田鹤，嘴里叽里呱啦也不知道说了什么。田鹤正要上前杀人，却被一个人拉住了手腕。田鹤一回头的工夫，那个东洋士兵便迅速爬起来跑掉了。

身后的那人见田鹤是年轻人，顿时叹了口气。田鹤一见，却是台上拉二胡的老汉。老汉对田鹤说道："闯祸啦，快跑吧，这些日本人，惹不起！跑吧！"

田鹤忙问："他们经常在这里闹事吗？"

老汉说："他们每年都来，最近是常驻在这里，就在前山扎了一个军营，有100多个日本人在里面住着。这一次你杀了他们中的一个，他们肯定像马蜂一样追着你不放，听你口音是外地人，赶紧跑吧！"

第四章 东洋人

日军军营每天都要点卯，时间是在早上 8 点。翌日，日军军官藤野小次郎少佐在点名的时候，发现少了两个人，分别是二等兵松下原二和渡边野。

人在哪儿？听说昨天晚上在白河县城饮酒，一夜未归。执勤的士兵没有看到两人回来，因此人可能还在白河县。藤野小次郎很恼火，带着 20 个人扛着枪来到白河县城大门前的时候，看到了两具挂在城口上的尸体。

"八嘎牙路！"藤野大怒，立即命令：所有军人出动，全城搜索可疑人物，抓到之后就地正法。

于是，整个白河县骚动了起来。100 多个荷枪实弹的日本人在白河县挖地三尺，就是为了找凶手。但是找了两天，也没找到任何可疑的人。无奈，藤野找到了白河县维持会会长刘振雄。

"没听说呀！"刘振雄看到藤野浑身就不舒服，尤其是当看到藤野生气的时候，比看到阎王爷生气还要可怕。"昨天晚上风平浪静，没听说有凶手胆敢杀害皇军士兵呀？"

在白河县混了半辈子的刘振雄深深地明白，这时候最好不要说知道，就算知道也只能说不知道。事实上他知道不知道？知道。昨天晚上的那个年轻人他也见过，这几天他天天都在古玩市场上转悠，早有人打听过他，甚至他手里面就有他的照片。但为了避免不必要的麻烦，刘振雄不愿意和日本人有过多的交往。他知道日本人是什么德性，自从到了白河县，这些日本人就没干过一件好事。

"刘桑，皇军待你如我，你是我大日本帝国皇军的好朋友，你对我，不能撒谎，否则，我的枪可是不认识人的！"

"明白！明白！绝对明白！"刘振雄脸上堆满了笑容，"这年头，兵荒马乱，军阀混战，而且这县城附近出了不少土匪，烧杀抢掠无恶不作，幸好有大日本帝国皇军在，否则这里肯定不太平，两位帝国士兵为国捐躯，实乃是我等楷模，这样，我出 100 大洋，好好安葬两位亡人，如何？"

"刘先生！"藤野怒道："这不是钱的事情，我给你 3 天的时间找出凶手，否则别怪我大日本帝国皇军士兵对阁下无礼！"

刘振雄在心里偷偷暗骂。

藤野小次郎回到了军营，怒气冲冲的样子让所有人都觉得这位少壮派军官是真的生气了。他生气的不是人被杀了，而是他还没有找到所谓的龙首！大日本帝国建设的大东亚共荣圈，需要的不仅是武力的征服，而且是灵魂的臣服！龙是中国人的图腾，龙首对日本人来说，比飞机大炮还要实用。

"少佐，坂田君在门外等候您多时！"一位日本士兵用非常标准的东京日语向藤野小次郎汇报。

"坂田君？"藤野小次郎是在一个星期前见到过他，后来他回到了白河县，就再没出现过，那么多天过去了，之前说过的事情已经说完，这一次他怎么又来了？对于这位在中国潜伏了十几年的家伙，藤野从内心里有点忌惮他。

在日本，这位坂田君是出了名的心狠手辣，出生坂田家族的坂田麻吕早在15年前就来到了中国，刚到中国就屠杀掉了整个村子的人，目的就为了一个所谓的龙首！可惜杀掉了整个村子的中国人，却连龙首的影子也没见着，反倒激起了中国人强烈的反抗情绪，导致坂田君只能在一位军阀的身边潜伏了下来。

"坂田君，多日不见，你还好吗？"藤野一身戎装，和坂田身上的中国长衫比起来，倒是更像位日本人。

"你们军方有没有龙首的消息？还有，那块黑玉现在我已经知道在什么地方了，就不用你们费心了。"坂田君的日语还是那么流利，虽然15年来没有多少机会开口，但母语对任何人来说都不可能被忘记。

"你们已经找到黑玉了？"藤野小次郎非常惊讶，"那你们找到那件鎏金镶嵌貔貅了没有？"

"当然。请相信我的办事能力，不会辜负帝国对我的信任。"坂田君说："10年前，在这里挖出了鎏金镶嵌貔貅之后，我们就已经介入了，但是杨司令比我更早一步，抢先一步把貔貅收走，然后又造出了许多仿制品，这让我非常头疼。但是我相信你们是有能力把假冒的貔貅全都找出来的，然后再找到龙首交到我手里，对不对？藤野少佐，你的能力让我非常钦佩，因此希望你不要辜负我对你的信任。"

"当然。"藤野小次郎说："这是当然。我们都是为帝国服务，帝国的需要就是我们的需要，只要一切有利于帝国的事，我们都会尽力去办，但是我的士兵在昨天晚上被人杀死了，我想这是对皇军极大的侮辱。坂田阁下，你知道凶手是谁吗？我们这一次和熊三爷合作杀掉了云山子这个最大的拦路石，可又多出了一个什么他的徒弟还没死，这又让帝国蒙羞了！"

"知道。"坂田君说："前两天是古玩鉴赏会，这是白河县一年一度的大事，你一定错过了。而那个年轻人曾经在那次大会上出现过，我想你还没有见过。"说着，坂田君从口袋里拿出了一张照片，放在了藤野的桌子上。"但是我希望你不要动他，倒是他身边的女子，可以抓来威胁这位叫田鹤的人。"

"明白。"藤野冷冷地看着桌子上的照片，心里已经有了抓人的计划。

田鹤回到了客栈，把杀人的事情对陈荣怡说了。陈荣怡大惊失色："你怎么那么冲动？"

"放心。"田鹤平淡地说。自从杀了人，他心里一直不平静，第一个日本人被他当场诛杀，第二个在跑出了几里地之后，被他截住杀掉。日本人的速度很快，马上就在全城展开了搜索。田鹤在客栈里藏了两天，陈荣怡多次出门打探消息，最后见日本人全部撤走了，才回来把消息告诉了田鹤。

田鹤说："我们得找到观音手和瞎子，否则我们势单力薄，不好办事。"

陈荣怡说："我们得想办法看见龙首，不然我们很盲目。"

田鹤说："我们得去杨司令家里看看。"

陈荣怡同意了。两个人收拾一番，向人打听打听，便找到了杨司令的住处。这是一处洋楼，盖在比较隐蔽的后山脚下，周围地形相对险要，易守难攻。如果有人要打上来，可能要费点儿功夫。

大门前有士兵把守，荷枪实弹。这后山就是军营，1万多人驻扎在这里，多数都是白河县当地少壮年轻人，因此他们在守卫家园的时候，格外用心。田鹤和陈荣怡商量好，陈荣怡在外面接应，田鹤进去直接找杨司令。但是还没进去，忽然听到身后观音手的声音说："你们也在这里？"

田鹤回头一看，果然是观音手。"你怎么也在这里？"田鹤和陈荣怡都非常奇怪。观音手不是消失很多天了吗？

观音手叹了口气，说："瞎子被抓了，我想着可能就在这里面，就想先来踩踩点，然后晚上再来，没想到你们也在这里。"

陈荣怡看了一眼观音手，问："这几天你去哪儿了？"

观音手说："我和瞎子在古玩鉴赏会上碰到了几件上眼的东西，准备拿下，但是有人拦一道，提前抢了。我们就找那些人理论，结果发现那些人是军人假扮的商人。晚上的时候瞎子出来喝酒，人就没回去，第二天我就收到了瞎子手上的斑斓戒指。说瞎子在他们的手上。"

"他们说什么了没有？"田鹤问。

观音手说："这里说话不方便，跟我来吧。"观音手把田鹤带到了熊三爷曾经去过的那家茶楼。包厢里，观音手说："他们要黑玉。田鹤，黑玉在你身上，可能这事得你去。"

陈荣怡立即说："不行，田鹤不能去，只有他见过卖鎏金貔貅的人，万一他出了什么事情，我们就束手无策。我去。"

观音手说："你去还不如我去，我了解瞎子，现在瞎子很安全，黑玉没到手，他们不会对瞎子怎么样。而且瞎子的鼻子比狗还灵，他们肯定留着瞎子有用。"

陈荣怡说："我去，我去方便一些，面对男人，女人有时候比男人管用。"田鹤奇怪地看了陈荣怡一眼，不说什么。陈荣怡知道田鹤在用奇怪的目光看自己，问："你不舍得？"

田鹤笑了笑，没说什么，但是他总觉得观音手的话不对劲儿。

晚上，陈荣怡独自一人来到了守门的士兵前。士兵看到了一位穿着旗袍，风姿绰约的女子，抛着媚眼的样子让他们欲火直冒。多少天了，都没见这么有姿色的女子自动上门了。守门的 4 个士兵立即把陈荣怡招呼了过来。

10 分钟之后，那位第一个上来的士兵被陈荣怡掐晕在了房间里，穿好衣服之后，陈荣怡悄悄地来到了从那位士兵身上打听到的地方，那个士兵知道的藏龙首的位置。

打开门，陈荣怡看到了 12 个龙首摆在一起，一模一样。12 个龙首都是纯金打造，而且都被做旧，上面有很浓的泥土气息，但是可能都是假的。

从龙首上根本看不出来有什么特点，也看不出来到底上面藏着什么秘密。陈荣怡想了想，不管怎么样，拿一个带走就行。

抱着龙首，陈荣怡好不容易躲过巡逻的士兵，来到了围墙边上，可就在这时，陈荣怡猛地听到耳后一阵风声吹过，紧接着自己的脑袋被人重重地砸了一下，她便失去了知觉。

田鹤在外面等得快天亮，也没见陈荣怡出来，心急如焚，正盘算着是不是该进去看看的时候，观音手回来了，"人呢？出来没？"

田鹤急道："没有，进去 5 个多小时了，也没出来，会不会出什么事？"

观音手说："我担心是出事了，这里面戒备森严，而且那么大的地方，至少好几百士兵轮流值守，陈荣怡身手不错，但也保不准被他们抓住。"

田鹤想了想，说："先回去再说！"

陈荣怡醒来的时候，是在一个不是很大的房间里，她的手脚都被捆住，嘴里塞了她自己的白手帕。身前的桌子上，放着那件龙首。在灯光下，金光灿灿。

"谁派你来的？"在阴影处，一个男人浑厚的声音响起，然后取出了陈荣怡嘴里的手绢。

陈荣怡感觉自己的头还很疼，之前的那一次重击，在她看来绝对不是军人干的，而是另外一个势力的人。不然的话，军人会直接把她包围，而不是打晕。

她被人陷害了。

"没人派我来，我自己来的。"陈荣怡现在不知道到底是谁出卖了她，但肯定就在瞎子、田鹤还有观音手3个人之中。田鹤最不太可能，观音手有嫌疑，最大的可能就是瞎子。陈荣怡把和瞎子认识前前后后的事情都想了一遍，但没想到破绽。

"你是中国人，还是日本人？"那个男人继续审问："你可以不说，但是我不保证你能受得了军中的大刑。"

"我想知道，到底是谁出卖了我。"陈荣怡说。

"我不知道谁出卖了你，我们看见你的时候，你已经晕倒在我们的视线里。我们想知道的是，谁派你来的。"男人继续问，随即把头伸到了光线底下，陈荣怡看到这个军官模样的人长得还算英俊，只是脸色太过冷漠。

"没人派我来。"陈荣怡说："落到你们手里，算我倒霉。"

"有骨气。鄙人姓高，是杨司令的副官，你既然不说，那对不起，我们只能把你关起来，等你的同党来救你。请陈小姐到客房休息。"高副官说完，走出了审讯室。陈荣怡一愣：他知道我的名字？

陈荣怡果真是被请到了客房，房门被紧锁，她被软禁了。

高副官来到了一个房间里，在他面前的沙发上，坐着一位正在看地图的男子。"杨司令，人抓到了，按照您的要求，请到了客房里。"

"好。"那人淡淡地说了一句："我朋友的徒弟呢？"

"暂时还没出现，不过卑职怀疑，在您朋友身边，出现了日本人的奸细，您朋友的那位徒弟可能有危险。司令，我们是不是要把龙首都放出去？"

"不，把剩下的11个生肖头像都放出去，但是你派人盯着，不要落到日本人手里，然后把那位叫田鹤的人引出来带到这里保护起来。"

"司令，那剩余的11个生肖头像放出去的话，会不会引起日本人的兴趣，反倒起得反效果？田鹤这个人刚杀了两个日本人，我担心他会被日本人追杀。"

"放心，我朋友的徒弟没那么弱。"司令放下手中的放大镜，"你派一些人跟在他的周围，有什么事情及时汇报，在老子地盘上还容不得日本人撒野！"

田鹤和观音手两个人在客栈里商量了半天，也没商量出来个好计划。观音手一直都在叹气，而田鹤实在是想不出在身单力薄没有人帮忙的情况下，除了靠鉴赏这点技能，还有什么别的本事来救出瞎子和陈荣怡。

观音手说："刚才听客栈老板说，这几天市面上出现了几件龙首，但没人敢收，听说日本人已经介入了，我们要不要去看看？"

田鹤忽然想起来，说："他们要拿黑玉去换人，我们就拿黑玉去换人！"

观音手一愣，说："不行，你不知道这些人值得不值得信任。"

田鹤看了看观音手，说："就这样定了，我们还是按原计划来行事，你帮不帮我？"

"帮！"观音手笑了笑，"当然帮。"

杨司令府邸，一群士兵把两个人围了起来，被围的一个是田鹤，一个是观音手。

高副官从士兵中走出来，说："哪位带着黑玉？"

田鹤站了出来，说："我。"

高副官看了看田鹤，说："拿出来验验。"田鹤把黑玉拿了出来，高副官扫了一眼，说："我们有专门鉴定的人，你放心，我们认为是真的，那必然放人。"

田鹤把黑玉交了出去，观音手说："兄弟，我们有可能被骗了。"

"不会。"田鹤说："我相信这个人。"

观音手暗暗地叹气。

过了一会儿，高副官回来了，身后跟着几个士兵。"黑玉是真的，现在我们司令有话要对田鹤说，这位朋友请稍等。"

观音手心想，军阀当年没那么客气啊！田鹤被士兵带了进去，高副官对着观音手笑了笑，说："多年不见，你还是这样子。现在在哪里发财？"

观音手见田鹤走了，也轻松了一点儿，说："发什么财，干点儿小买卖，怎么，我走了，你升副官了？"

高副官微微一笑，说："总得有人干不是吗？杨司令待你不错，可惜你却走了，现在你风生水起，还想回来吗？"

"军队不是我能混的，我估摸着我这辈子也就这样了。只是大家以后如果刀枪相见，还望高老弟手下留情啊！"

"哪里哪里。"高副官皮笑肉不笑地说："你观大爷如今家财万贯，秦岭一次你突然消失，这一次回来，也不怕杨司令找你麻烦？"

"哈哈！"观音手顿时大笑了出来，"麻烦？杨司令是那种人吗？再说了，我观音手现在在上海也不是那么好欺负的，对不对？"

"这里可是陕西啊。"高副官提醒说。

"呵呵……"观音手干笑了几声，没再说话。

杨司令看起来很年轻，也就30多岁，但是却好像很老道的样子。田鹤是第一次见到这位传说中一夜之间收走十二真生肖又造出十二假生肖的人物。

"你就是田鹤？"杨司令放下手中正在擦拭的手枪问。

"正是在下，司令找我来，还有什么要指示的吗？"田鹤不卑不亢地说。

"哈哈。"杨司令爽朗地笑了出来，"和你师父的脾气差不多，看来当年我把你交给云山子是没有错的。"

"什么？！"田鹤震惊不已，"当年是你把我送给师父的？"

"怎么？你师父没和你提过？"杨司令诧异地说："那是10年前的事情了。10年前，我在河南打仗，回师的时候在一户人家门前看到了你，你父母都死了，就你还活着，但是你已经被吓傻了，带你回来，问你什么你都不知道。当时正好你师父在我门上做客，我就把你交给他，让他好好教你成人。"

"那我家是河南的？"田鹤忍不住问。

"应该是，反正我是在河南捡的你。"杨司令笑了笑，说："坐下来谈，我们时间有的是。"

"我想知道我朋友现在在哪儿。"田鹤说。

"你说陈小姐？她很好，她在这里很安全。"杨司令说："而且你在这里也很安全，以后你就跟着高副官。"

"为什么？！"田鹤对杨司令的安排表示非常不满，"我不当兵！"

"谁说让你当兵了？"杨司令笑着说道："你师父以命换来你们的安全，你难道还不知道珍惜？"

"你说什么？我听不懂！请司令不要绕弯子了！"田鹤真的听不懂杨司令到底在说什么。

"原来你还不知道？"杨司令站起来，"来人，把龙首抬进来！"

田鹤实在搞不懂到底是怎么了，一直困扰自己的龙首，现在马上就要见到了？"司令，你要黑玉做什么？"田鹤再次问。

"黑玉只是黑玉，那是我交给你师父的凭证，这也是从你身上拿来的。是我和你相见时候的证据，现在我收回黑玉，等你弄明白你父母和你现在要做的事，我再还给你。还有，我提醒你，观音手可是我当年的手下，现在势力大了以为我搬不动他，可惜他错了。"

"观音手当年就在你手下当差？"田鹤似乎有点儿明白了。

"对。好了，不说了，我去送送观音手，你就留在这里吧，你师父用死亡把你引到这里来，就是换取你的安全，当年的七星传奇，现在可能已经没有几个心是正的了。对了,过几天我要撒个网，你帮帮我，你师父的事，我们晚上再谈。"

不一会儿，田鹤见到了陈荣怡，她并没有受到什么委屈，反倒又白皙了许多。在见到田鹤之后，陈荣怡忽然哭了出来。

"你怎么才来！"陈荣怡捶着田鹤的胸口哭得梨花带雨。

"你知道发生了什么吗？"田鹤问。陈荣怡擦了擦眼泪，说："我不知道，你别问我。"陈荣怡似乎在生田鹤的气。过了一会儿，田鹤说："师父以牺牲自己来换我的安全。对了，你觉得师父是什么样的人？"

陈荣怡见田鹤问得特别认真，便说："云二叔办事很严谨，不可能或者有可能办到的事情他都不去做，他做的都是绝对能办到的事情。你刚才说云二叔牺牲自己保证你的安全，是为什么？"

田鹤把杨司令的话说了一遍，陈荣怡听了，说："也就是说，云二叔算准了自己会死，也看到了你将来可能会面对的危险，所以设计好了这一切，让你来找杨司令？"

"嗯！"田鹤说："应该是这样的。"

"可是，你到现在没遇到什么危险啊！"陈荣怡实在想不到危险到底是在什么地方。田鹤想了想，忽然门被人打开，有两个士兵抬着个龙首走了进来。高副官从门外进来，说："这是杨司令让我抬进来让你们看看的，还有，等会儿还有个人要来，你们三人好好看看，希望你们能看出这其中的奥妙。"

高副官走到门口，说："如果有什么需要，通知一下门口的士兵就行。"

看到龙首，田鹤双眼放光。陈荣怡顿时奇怪，"这龙首怎么变大了？"田鹤问："什么变大了？你之前进来的时候见到龙首了吗？"

陈荣怡刚要说话，忽然听到门外一个人说道："这是真货，我闻得出来上面的土腥味。"

"瞎子？！"田鹤叫了出来。

瞎子笑了笑，说："田鹤、陈荣怡、你二人终于来了，我瞎子忙和了那么多天，你二人还是没舍得我。黑玉我闻到了，没错是真的，可惜还有一块在陈老太手里。如果两块凑齐了，你们就应该能知道黑玉里面到底藏了什么。"

见到瞎子，陈荣怡很高兴，上前问："你是故意被他们抓的了？"

瞎子说："如果我没有被抓，不把你们引来，今晚你们就大祸临头了。田鹤，你以为你杀了两个日本人，事情就这样平息了？观音手呢？"

田鹤说："观音手以前是杨司令的部下，杨司令似乎不太喜欢他，把他送走了。"

瞎子点点头，似乎在想着什么，过了一会儿，瞎子说："你们看看这龙首，我瞎子看不到，只能闻，我闻不出什么来，你们仔细看看，龙首上有什么特别的地方。"

田鹤开始看这件龙首。瞎子说这是真货，田鹤倒没发觉，他只是觉得这龙首上面的纹路非常特别。单纯地从龙首上来看，根本看不出是哪个朝代的东西，像是汉代，又像是宋元时期，可再辨认一下，又多出了许多明清时期的特点。

汉代龙首，多是抽象的模样，没有现在龙首那样具体，很多面部的细节，如龙须、龙眼等，都雕刻得很模糊。到了明清就完全不同，除了基本的造型，多了许多细节。

龙首其实不是纯金，而是带很多铜，是合金。龙首的两只眼睛已经掉了，眼窝里面是空的。但是龙首上面分布着非常多的纹路，看起来毫无规则，可是仔细看，好像又有某种规律。

"这上面的纹路……"田鹤若有所思，但是说不出来具体的是什么。陈荣怡看了看，说："还记得那个秦国诸侯的故事吗，那个人要不是被人陷害，然后有人通知他去某个地方藏起来，我记得陈奶奶说过一次，那诸侯王最后藏身的地方，是一个巨大的龙脉。"

"那和这件龙首有什么关系？"田鹤问。

陈荣怡叹气道："我只是胡乱猜，我不知道有什么联系。"

瞎子说："应该没有什么联系，龙脉只是龙脉，而这十二生肖是从地洞里起出来的，难道那地洞就是那诸侯王的？"

"可是和黑玉又有什么关系？"田鹤忍不住问。

瞎子说："黑玉里面藏有帛书，这件事情七星传奇都知道，但是后来七星传奇只剩下了云山子、陈老太、蛇老七和熊三爷4个人，剩下的3个销声匿迹再没出现过，我怀疑，你们说的龙首纹路，应该是和帛书有点关系的。"

"你们说得都对，又都不完全。"忽然，高副官从门外进来，说："这件龙首上面的纹路，我曾经让你师父看过，你师父说，完全没有关系，但是我可以断定，日本人要找的不是龙首，而是龙首上藏的秘密。"

"为什么？"几个人问。

高副官说："其实，我对龙首上藏的秘密完全没有兴趣，我不是收藏家，更不是土夫子，我是一名军人，军人的职责就是保卫国家。现在军阀混战，国民毫无团结意识，日本人也在我大中华的地盘上日益嚣张，到处抢掠，现在他们又把目标转移到这件龙首上来了。你们知道这龙首意味着什么吗？"

"什么？"田鹤心里清楚，但是不知道自己想得对不对。

"龙脉。"高副官说："中国人的龙脉，这十二生肖代表着中国人的根，能在土里起出12件完整的生肖，这让日本人看到了俘虏国人的希望，因此他们到处搜集资料，想要把生肖抢到手，十二生肖刚出土的时候，我就意识到了这点。而杨司令在十二生肖刚出土的时候，直接派我把所有生肖全部拿走，一个不留，而且连夜请工匠制造出了12个龙首和其余11个生肖头像的复制品。"

"为的就是不让日本人得到？"田鹤问。

"对，我想当年你师父云山子云老先生可能也看出了这点，所以才安排了接下来的所有计划，但是我们只顾收十二生肖，却忘了在那处地洞里，还挖出来了鎏金镶嵌貔貅和装有黑玉的盒子。但是后来鎏金镶嵌貔貅下落不明，黑玉则是被司令花高价收回来半块，还有半块依然下落不明。"

田鹤觉得眼前的迷糊中出现了一道曙光，高副官的话让他看到了事情的部分真相，但到底还有多远才能走到事情的真正尽头，他却不知道。

古玩，究竟能引出多少秘密？

田鹤觉得，这一切还得从头开始。因为他慢慢地发觉他错过了最初的机会，那个卖鎏金貔貅的男人现在已经走出了他的视线。他必须要找到他，所以他必须要做些什么。

他没有和任何人商量自己的想法，而是在天亮之后，独自一个人走出了司令府。

古玩鉴赏大会已经结束，说是大会，其实就是一个小型的交易市场。在白河县，这种促进收藏家交流的会很少，一年只有一次。虽然大会已经过去，可是余热还在。不少玩家还在交易场上点评着某些人的藏品。

一件品相不错的观音像被摆在了十几个人中间，藏家是一位50多岁的男人。大家都在围着玉观音像评头论足。

"品相不错，色彩饱满，包浆做得也很到位，玩了多久了？"

"10年了吧，一直没拿出来，手头紧才拿出来见光。"

"好东西呀。"

大家都在谈论这件观音像品相好，但是田鹤却看出了观音像是假的。观音，在佛教里面其实不男不女又似男似女，因为观音是菩萨，为了更加地贴近人性，才化为女身。所以很多观音像做出来，其实是看不出男女的，而这尊观音色彩虽然饱满，包浆也很不错，但是明显可以看出来高温烧过了之后产生的气泡。

看这种内部气泡如果光靠眼力，并不一定能够找出来，得靠手指头敲，轻轻地敲，听里面的声音。一般 30 寸高的观音像，多半是中空，而这尊观音像底部陶瓷色泽发暗，显然是在泥巴地上放得太久了而导致的。

田鹤笑了笑，上前说道："颜色不错，有三彩的味道，但是颜色太过了，绿太浓，红太艳，黄太轻，底部泥浆痕迹很明显，而且这是浇铸出来的模子，而不是雕刻出来的。因此这尊观音像九成九是仿制品。都说盛世古董乱世黄金，老板如果缺钱，也不应该拿这种看不上眼的东西来糊弄人。"

"嘿，我说你小子哪儿来的？"观音像的主人正在得意洋洋，听田鹤一五一十地把观音像缺点都说了出来，顿时火冒三丈。在古玩界，最忌讳的就是当面点出人家藏品是假，尤其是在很多人的时候，就算看出来是仿制品，那也应该委婉地说看不上、不入眼等等词语。田鹤的话无疑是在挑衅。

旁边的人听了，顿时说出老板的不是。老板怒火中烧，但这里人多，他只能抱着观音像就走。

而在暗处，一个年轻的男人看着田鹤，然后问旁边的人："杀人的就是他吗？"

那人说道："正是，我看得真切，当天晚上就是他。少佐，现在可以放了我家人了吧？"

"那得看你以后老实不老实了！"少佐说完，对身后的士兵说："你们跟着他，找到他的老窝，将这些人一锅端！全部杀死！"

田鹤不知道还有人跟着他，在点出了观音像为仿制品之后，剩余的人都对他刮目相看，不过还是有人对他表示怀疑——他太年轻了。他的办法不是没有效果，在接连找出了几十件赝品之后，隐藏在暗处的熊三爷对他提高了警惕。

"赵寅,他怎么还活着?不是和云老二一起死了吗?"在茶楼地下室里的熊三爷问一个男人。这个男人正是那天卖出鎏金貔貅的那个男人!

原来他叫赵寅。

赵寅冷声道:"对不起三爷,日本人盯得厉害,而且他最近和杨司令搞上了关系,我无法下手。"

"坂田那个混蛋呢?不是一直在跟着他吗?"熊三爷气道:"快点儿把他弄死,不然拿不到黑玉,怎么开地洞的门?"

赵寅说:"咱们用炸药不行吗?"

"你开什么玩笑?炸药?这里是什么地方,在杨司令的眼皮底下,炸他们杨家祖坟?!"熊三爷说完,忽然对角落里一直没有说话的女人说:"夜莺,你混到杨司令家里去,把人给我干掉,要神不知鬼不觉,我不想和日本人的交易被姓杨的知道!"

"是,三爷!"女人说完,走到灯光下。

这个女人,正是不久前收了云山子一根金条的那个女人!

第五章　第三股势力

田鹤不知道有人要杀他。

他回到杨家的时候，杨司令正在等他。见到杨司令后，田鹤主动问好，但是发现站在杨司令身边的，还有几个穿着黄色军装的人。见田鹤回来了，杨司令没有理会他，而是把几个日本人请到了书房，"藤野先生这边请。"

杨司令说话的语气很平淡，似乎是在邀请一位很普通的客人。

藤野小次郎微微一笑，让几个日本士兵留在客厅，他跟着杨司令来到了书房。杨司令刚进去，外面响起了枪声。

田鹤被吓了一跳，顿时从陈荣怡的房间里冲了出来，发现房子里的士兵已经全都站到了门口，紧张地到处观望。高副官跑了出来，问："哪里来的枪声？"一位士兵跑过来，说："对不起高副官，有人枪走火了。"

"伤着人没？"高副官问。

"没有。"士兵回答。

杨司令和藤野小次郎也从书房里走了出来，杨司令问："什么情况啊？"

高副官说："报告司令，有士兵枪走火了。"

藤野小次郎微微笑道："原来是走火，看来杨司令手下士兵的枪，需要更换啊，在下刚才提到的条件，还请杨司令好好考虑，只要杨司令愿意，那么杨司令手下5万士兵全部都可以使用最先进的钢枪，而且保证弹药充足。"

"哈哈。"杨司令大笑几声，"枪走火那是再正常不过的事，不过你说的条件我认为太小气了，只是我要的不止是5万条枪，再加上20架飞机，1000挺迫击炮，20门大炮，然后100辆日式坦克，我倒是会认真考虑的。"

"杨司令真会开玩笑，你说的这些，都足够武装一个师了。"藤野小次郎冷笑着说："杨司令这边不太安全，在下先告辞。"

"不送！"

晚上的时候，田鹤在床上翻来覆去睡不着。忽然，有人在外面敲门。田鹤穿好衣服起身，问："谁？"

"是我，田鹤。"

田鹤听出了是杨司令的声音，忙打开门。杨司令走了进来，说："别开灯，我来找你，有件事情需要你帮忙。"

田鹤忙问："有什么事情尽管吩咐。"

杨司令说："你应该知道你师父是怎么死的，对不对？你们在收那件鎏金镶嵌貔貅的时候，是不是发现了其中少了一部分？"

田鹤说："是，鎏金镶嵌貔貅中应该还有一对小貔貅，那才是那件鎏金镶嵌貔貅真正有价值的部分，但是它被人拿走了。"

"那你知道不知道是谁拿走的？"杨司令问。

田鹤说："不知道，我猜应该是熊三爷。"

杨司令问："熊三爷？你说专收古玩，和你师父同门师兄弟的熊三爷？"

田鹤说："对，就是他，我觉得应该是他。"田鹤把来白河县的经过说了一遍，然后说："现在熊三爷的嫌疑最大。"

杨司令说："不管是不是他，你今晚去帮我办件事情行不行？"

"去哪儿？办什么事情？"

杨司令说："去日军军营。十二生肖虽然被保住了，但是那对貔貅比十二生肖的价值还要大。还有我要告诉你一句实话，那镶嵌貔貅不是从土里挖出来的，而是一直在市面上流传。从土里挖出来，只不过是个幌子，因为带着貔貅的那个人，他的命比那件貔貅还要重要！"

"那司令让我去日军军营，是为什么？"

杨司令说道："我的情报官告诉我，那对貔貅就在日军军营里，如果你愿意或者你能够办这件事情，我想让你帮我把那件貔貅拿回来。"

"这是偷啊？"田鹤惊讶地问。

杨司令说："这本来就是我们中国人的东西，你去拿，不算偷，我派4个人掩护你，然后派警卫连在军营外面接应你，替我跑一趟，你愿意不愿意？"

田鹤想都没想："愿意！"

田鹤在陈荣怡的房间里，说："日本人来了。"

陈荣怡很惊讶，问："和你有关系吗？"

"当然，我要跟着过去，完成师父的遗愿。"田鹤说完，收拾了装备，穿了一身黑衣，准备潜入到日军军营里。

"你怎么进去？"陈荣怡问。田鹤摇摇头，说："见机行事，到时候再说。"

这个军营离白河县城不是很远，只有几里地。日军军营里的人数不多，但是戒备森严，大门前两挺机枪像门神一样，军营里两栋30多米高的炮楼，探照灯的光线像母夜叉的眼睛。田鹤悄无声息地绕着军营转了几圈，最终选定了一处防御比较薄弱的芦苇地，从墙头上翻了进去。

夜深了，但是日军部分士兵并没有休息，而是在军营内巡逻。这几日，藤野小次郎总是觉得外面不太安全，于是加强了警备。自从前几年来到了中国，藤野小次郎和姓杨的司令从来就没有正面交锋过，这一次去拜访，也是出于无奈。

坂田君的意图非常明显，那是必须要拿到龙首，但又不能丢了帝国军人的脸面。因此坂田君的要求和藤野的手段形成了鲜明的对比，一个婉转一个铁腕。这几天，藤野总是觉得放在军营里的鎏金貔貅不太安全。

他睡不着，起来穿好军装，打开了他的小保险库。鎏金貔貅所代表的意义绝对不是这位日本人所能猜得到的，这种来自于中国人骨子里的信仰，是不可能因为物质的转移而转移。

藤野在军营的每一个黑暗的角落里都设置了暗哨，5个人一组，轮流值班，只要有外人出现在他们的视野里，在没有得到允许的情况下，必然会被一枪爆头。而现在，田鹤就藏在一位狙击手的枪口之下。他没想到这里戒备那么森严，他更没想到，这里会有那么多的狙击手。其实他根本就不知道这里有狙击手。

杨司令的情报证明，貔貅就在藤野房间的某一个地方，只要找到藤野的房间，那么就能找到貔貅。甚至，还能拿到日本人在中国的部分计划。聪明的田鹤正在盘算着计划，却见身边有个光影晃了晃，正要躲藏起来，忽然听一个人冷声地问了句日语。

田鹤暗惊，心道完了，暴露了。正欲回头，却听耳旁风声一紧，田鹤猛地蹲下身来，只见一只明晃晃的匕首从他的脑袋边上刺了过来。田鹤躲过了这一刺，紧接着就地滚到一边，嗖地从后腰上拔出了匕首。

这个人没有示警！

田鹤在心中暗想，既然他没有示警，那就说明他不是日本人，虽然他说着日语。因为这个人如果示警，必然会增大他的优势，想要抓住自己，简直不费吹灰之力。田鹤在暗处看不清这个人的真面目，但是却能看见他的身影轮廓。

而那个人也在暗处打量着田鹤，心道此人身手不错。两个人在黑暗里对持了许久。忽然地，那个人退到了暗处，从田鹤的眼前消失。田鹤不能在军营里留下来，必须立即退出去，否则这个人一旦示警，自己将毫无退路。田鹤意识到这次问题的严重性，100多个荷枪实弹的日本人集体出现在自己面前时，就算他浑身是胆，也不够敌人一轮集体扫射。

田鹤退到了进来的地方，但是却暗暗发现，在那个地方，已经有一个日本人抱着枪蹲在了那里。田鹤悄悄地摸了过去，那个日本人也在同一时间发现了他。田鹤猛地扑过去，以迅雷不及掩耳之势将此人扑倒在地。这个日本狙击手还没有发出任何声音，就被田鹤扭断了脖子。

就在这时候，日军军营里响起了巨大的警报声。

藤野小次郎立即把貔貅塞到了保险箱里，冲出来之后抓住一位日本兵询问："什么事？"日军士兵叽里呱啦地说了一通，藤野小次郎脸色冷峻，立即指挥抓人。

对，那个人发出了警报。田鹤知道他会拉响警报，但没想到那么快。穿好了日军狙击手的衣服时，他看到所有日军士兵在院子里集合，并且迅速散了开来。这时候，日军的军营大门紧闭，任何人不得外出。

田鹤从黑暗里走了出来，手中提着狙击枪，见100多个日本人在军营里到处搜索，便又藏回到了黑暗里。

他意识到，这一次他不一定能走得掉。在围墙外还有4个杨司令派来的士兵在接应，而在外面还有一个警卫连，他把所有的希望都寄托在外面的人身上。这里警报拉响了，外面的人应该能感觉得到田鹤已经处在危险之中。

田鹤思索着出去的办法，唯一的办法只能翻墙，但是现在两栋炮楼上的探照灯把四面围墙照得比白天还亮，除非田鹤能在一秒钟之内翻过围墙，否则必然会被机枪打成马蜂窝。日军到处搜索，田鹤也抓住了这个机会。既然他们乱成一团，可那个人却没有带着人来找他，那个日本人到底在想什么？

既然乱了，田鹤也穿着日军军服，提着枪一路小跑，跟着那些乱哄哄的日本人在军营里到处乱转。过了一会儿，藤野小次郎忽然命令："全体集合！"

田鹤暗惊，这一次真完了！

所有的日军都集合了起来，包括那几个狙击手。奇怪的是，狙击手早就看到伪装的田鹤了，但是却没有开枪。当全体日军集合完毕的时候，藤野小次郎冷冷地看了看所有的士兵，然后用日语叽里呱啦地说了一通。田鹤完全听不懂他在说什么，但是能猜到可能是今晚有外人闯了进来，务必要抓住之类的话。

说了3分钟，所有的日军全部将枪械放在原地，然后后退一步，田鹤也跟着后退了一步。正在这时，小次郎的眼睛忽然看到站在士兵堆中的田鹤。田鹤赶紧压低帽檐，可是，小次郎还是发现了他。

藤野冷笑，拔出手枪正要说话，忽然田鹤身边的几名狙击手拔出手枪，对着小次郎连开数枪。最近的一颗子弹擦着藤野小次郎的肩膀飞了过去，擦出一团血雾。而那些日本兵一见有人行刺长官，立即拿起枪开始围攻那几名日本狙击手。

这时，其中一名狙击手用熟练的汉语对田鹤说："快走，我们掩护你！"说完，几个狙击手边打边退，在那些日本兵完全反应过来的时候，他们已经带着田鹤转移到了围墙边上。可是刚到围墙边上，炮楼内的机关枪便吐出了长长的火舌，将其中两名杨司令手下伪装的狙击手当场打死。

形势不妙，情况危急，剩下的两名士兵说："你先走，去大门口，警卫连会接应的，我们垫后！"

田鹤哪能让他们两个人留下来等死，急道："我们一起走！"

那两个士兵笑了笑，其中一位把枪塞到了田鹤手中，说："走吧，趁现在乱！"田鹤知道再不走真来不及了，现在日军乱成一团，藤野小次郎负伤在身，必然暴跳如雷，而这4名杨司令派来的士兵早早地就为田鹤想好了退路。

田鹤两眼含泪，沉声说道："两位好汉，来世再会！"

田鹤提枪在手，从阴暗的探照灯四角开始向大门移动。那两个士兵便开始吸引敌方火力，田鹤明白，这两人必死无疑。

当来到大门前的时候，田鹤却看到大门前的机枪已经对准了内部，但是没有开火。他们防卫森严，此时如想从大门出来，几乎难如登天。但要想回到围墙处，那也是不可能。两位士兵为自己争取来的时间，田鹤不能浪费，现在田鹤要做的，就是看准了门前的8名日军士兵，希望能蒙混过关。

田鹤提着枪，猛地向大门冲去，边跑边向前开枪，那8名日军士兵一见有个穿着日军军服但却是一个人跑了过来，立即开始询问。但是田鹤哪能听得懂对方在说什么，接连开了几枪之后，子弹已经打光。

日军见田鹤不但没有回答问题，还继续开枪，顿时拉开枪栓，一顿子弹扫了过来，打得田鹤脚下尘土飞扬。田鹤一个翻身跳到了旁边的物资堆旁，子弹打在了物资上，冒出了阵阵火星。

田鹤深呼一口气，四处观察，发现这里地势开阔，如果再想跑已经没有可能，除非有天外神兵前来相助。田鹤暗道难道这一次就要交代在这里了？正想着，忽然一串枪响，田鹤听着与日军的三八大盖声音不同。再抬头看去，只见几十号身穿黑衫的人从门外冲了进来，门口的机枪早就成了废铁！

田鹤大喜，立即冲了过去。

那些人一见，咦？怎么还有个不怕死的日本兵？其中一人甩手一枪，正中田鹤肩膀。田鹤直觉的肩头一热，随即一股子钻心的疼痛袭来，便一跟头栽倒在地，晕了过去。

警卫连的人迅速靠近想补一枪，可到跟前一看原来是田鹤，才知道误伤人了。日军那边动作很快，发现有4名狙击手被人替换掉之后，立即向大门这边靠近。日军知道，围墙他们是翻不出去，必须要靠近大门，而且既然有人替换掉了狙击手，那门外肯定有人接应。

当日军移动到大门前的时候发现已经迟了，死掉了12名士兵。

藤野小次郎气得火冒三丈，刚站起来便被军医按住了。

"坂田君，你不是说完全能抓住所有人吗？"藤野小次郎忍着疼，看着军医缝合自己的伤口。子弹从肩膀处穿了过去，幸好没有打穿骨头，但是旋转的子弹还是在后肩上留下了一个大洞，血还在向外渗透。

"对不起藤野少佐，这一次我想给你个立功的机会，要知道这个田鹤是来偷貔貅的，如果丢了你应该知道后果。"站在阴暗角落里的坂田君冷声说道："我和田鹤交过手，他隐藏得很深，一般人不知道他会功夫，看来云山子教给他的不仅仅是鉴定古玩。"

"这件古玩，对你们来说就那么重要？大东亚共荣圈，需要的不是怀柔，而是武力征服！"藤野实在忍不住，爆发了出来。

坂田君冷笑着说："藤野，收起你少壮派军官那一套，我们需要的是控制人心，而不是靠武力，大日本帝国要建立的不是一个殖民地，而是一个共同繁荣的东亚共荣圈。德意志帝国已经征服了整个欧洲，靠的是武力，但是处处都有反抗，尤其是法国和荷兰反抗军最为厉害，我们不能走德意志和意大利的那条路，你懂不懂？"

藤野忍住没说话，他实在是没办法和这位脑子里面进风的"八嘎牙路"进行沟通。坂田君见藤野不说话了，便拿出一份文件放在桌子上，说："这是大日本帝国陆军最高指挥部送来的密函，里面有对你们这部分士兵的命令。"

说完，坂田走了。

藤野好奇地拿过密函，拆开之后扫了一眼，怒道："关东军最高统帅部到底要干什么？难道那十二生肖和貔貅那么重要吗？"

高副官命人替田鹤包扎了一下，把肩膀里的子弹取了出来。田鹤带着伤回到了杨司令的府邸，陈荣怡第一时间来到田鹤的房间，见田鹤没死，顿时松了一口气，但又冲到跟前说："你没死就好，你胆子越来越大了！你真去闯军营了？"

高副官说："他受了点伤，但是无大碍，休息休息就好，十天半个月就能自由活动。"

陈荣怡长长地松了口气，来到田鹤的床边问："想吃点什么，我给你做去。"

田鹤摇摇头，脑子里在想着昨天夜里的那个人。他到底是谁？

田鹤把遇到的事情向陈荣怡说了一遍，陈荣怡也想不出来那个人到底是谁。现在他们都是一头雾水，搞不明白日军军营里到底藏了些什么人物。

观音手回来了，见田鹤受伤，忙问发生了什么。田鹤留了个心眼，没多说，只是说在和日军交手的时候受了点伤。观音手点点头，说："你好好休息，下个月杨司令要搞一个古玩鉴赏大会，这一次是玩真的，好东西都拿出来了，而且我听杨司令说，熊三爷也会来。"

"熊三爷？"田鹤大喜，"具体日子定在什么时候？"

观音手说："具体不知道，是瞎子和杨司令商量的。这次鉴赏会很重要，意在找出民间隐藏的高手，然后和日本鉴赏大师对抗。田鹤，我觉得你可以去参加一下，对了，你的伤无碍吧？"

"应该一个月就好了。但是这次鉴赏大会有意义吗？"田鹤觉得毫无意义。正说着，高副官进来对田鹤说："田鹤，一会儿杨司令要见你。"高副官看了看诸位，又说了一句："只见田鹤和陈荣怡。"

说完，杨司令从门外走了进来。大家识相地离开，只留下陈荣怡和田鹤。见众人都走了，杨司令拿出了一个箱子和一叠钞票，"田鹤，昨天晚上我们的行动虽然隐蔽，换了衣服换了人，但还是很容易被藤野那个混蛋察觉，而且我相信，藤野处有一个间谍，正潜伏在我府上，现在我还不知道是谁，为了你的安全，也为了能给云山子一个交代，我希望你暂时离开一会儿，我这里很危险。"

"为什么？"陈荣怡问。

杨司令说："我的情报官查到，有一个日本女刺客潜伏到了我的府上，我刚收到的消息，现在还不知道是谁，他要杀你，而且这几天就动手，你死了我没办法向你师父交代。这一次行动失败，怪我，我希望你能带着这些钱，到别的地方看看，继续抗日。"

"抗日？"田鹤对这个词还不是很熟悉。

"对，现在日军在陕西到处搜刮文物，虽然现在战争还没爆发，但是日本人的行为显然是在为战争做准备。"

"做准备？为什么这样说？"田鹤问。

杨司令说："中国现在什么最值钱？文物最值钱！搜集来的文物再卖给中国人或者卖给西方，那我们损失的不仅仅是钱财文物，损失的还是战斗力。所以我希望你在这段时间在背后捣乱日本人的计划，尤其是一位叫坂田的人。我们的情报显示，这个叫坂田的人到处购买中国文物，威逼利诱，不但将貔貅收到手中，而且还准备大量收购其他文物，而他的终极目标就是用换来的黄金购买我手中的龙首。他已经和民国政府中的某些走狗达成协议，只要时机成熟，立即会来找我，我担心我到那一天，保不住龙首。"

"那司令的具体要求，就是这些？"田鹤问。

"对。"杨司令斩钉截铁地说。

"那好，不过一个月之后的文物鉴赏大会，在哪里举行？"田鹤问。

"在上海。不过这一次鉴赏大会不是我主动提出的，而是熊三爷。我和瞎子商量了一下，如期举行。"

杀死云山子的凶手暂时没有找到，田鹤和陈荣怡又拿到了一项新的任务。他在等着一个月之后的鉴赏大会，他要单独见见熊三爷。

按照时间，鉴赏大会还有 33 天才能举行。从杨司令府邸出来之后，一路向东，已到河南境内。田鹤到了洛阳，立即和陈荣怡到当地的古玩市场转了转。这些古玩市场明显没有鬼市的规模大，东西挺多，真正有品相有质量的倒没几个。不过，田鹤还是看到了角落里的一位老人面前的明清青花瓷。

明清时期是青花瓷器达到鼎盛又走向衰落的时期。青花瓷从唐宋便有，那时多为官窑出品。至永乐、宣德时期是中国青花瓷器发展的一个高峰，以制作精美而著称。清康熙时，"五彩青花"使青花瓷发展到了巅峰，乾隆以后因粉彩瓷的发展而逐渐走向衰退。在光绪时期虽然曾一度中兴，但大势已去，国内外形势严峻复杂，已不是青花瓷发展的最好时代。但这一时期的官窑器制作严谨、精致；民窑器则随意、洒脱，画面写意性强。

当年的工匠在官窑中干活，多少工匠为了留名，冒死将自己的名号刻在青花瓷内部，如果不用电筒去照，很难看得出其中真味。而且明永乐年间，永乐大帝派出郑和南下西洋寻找朱允炆，带出了大部分青花瓷，所以能在中国留传下来的也不多见。

田鹤一眼便看出了这件青花瓷乃是明永乐年间的官窑所出，便上前把青花瓷边上的宜兴紫砂壶拿起来在手里盘了盘，问："哪儿收的？"

老人看了看田鹤，说："祖传的。"

田鹤差点儿笑了出来，这倒卖文物的，多半都是老油条，眼前这位老人虽然上了年纪，但眼睛中却有股贼光，当即说："这河南也祖传紫砂？"

老人扫了一眼田鹤，说："祖传的就是祖传的，这玩意在我爷爷辈那会就在咱家咯。这是从湖北带过来的，跟了我一辈子了。"

田鹤问："紫砂是宜兴本地特产，也只有宜兴的红砂土能烧出这种精美的紫砂来，不过我看你这紫砂颜色太过艳丽了，而且里面好像也没有泡过茶叶，没有什么茶味，多半是假的吧？"

老人略微有些生气，说："你要是拿，你就拿，不拿你就别多说话，是真是假，自然有人判断。”

陈荣怡也说：“你不能这样说啊，人家还得做生意呢！”

田鹤笑了笑，说：“那多少钱出？你这紫砂壶也没包浆，色泽鲜艳但无光泽。”

老人看了看，说：“150块大洋，我给你包上。”

陈荣怡在边上看得着急，心道田鹤怎么不拿边上的青花瓷呢，这紫砂是赝品，那青花瓷可是正儿八经的好东西啊！陈荣怡正要劝说，却见田鹤说：“嗯，行，价格还算公道，不过你得给我捎一件。”

老人怎么能不知道这紫砂是假的，他花了两块大洋从一户人家收了回来，憋在手里快半年了也没个棒槌看中，如今好不容易逮了个冤大头，那必然狠宰痛宰。见田鹤也没还价，以为是真逮了个棒槌，便挥挥手说：“那你挑一样。”

陈荣怡拉了田鹤一把，说：“挑个大的吧。”

田鹤微微一笑，对老人说：“这个青花瓷瓶子，我带回去插花。”

老人看了看那青花瓷，说：“这个，行吧，那你拿走。”田鹤拿起了那件青花瓷瓶子，在看着上面水仙鱼的图案时，忽然感觉背后有个人在盯着自己。

田鹤和陈荣怡带着青花瓷和紫砂回到了客栈，刚进门，田鹤就把紫砂扔到了垃圾桶里。陈荣怡笑着说：“这可是你150个大洋买回来的，就这样扔了？”

田鹤说道：“那你要你拿去啊，全当是第一次给八姨太的礼物。”

田鹤拿起青花瓷仔细看了起来，这东西用150个大洋收回来，的确很划算。这种捡漏的事情并不多见，今天让田鹤碰到了。陈荣怡问：“我们收了这东西，现在打算怎么办？”

田鹤说：“既然我们有杨司令支持，那我们就使劲儿收，直到让日本人着急为止，不过我们还得小心一点儿，我总感觉我们被人盯着。"

陈荣怡警觉地问："被人盯着？"

"对。"田鹤说："我在收这件青花瓷的时候，感觉有个人在盯着我们。"

陈荣怡问："你这样说，我倒是想起来了，我们在古玩市场的时候，有几个人的确是在盯着你手中的瓶子。难道说有人识货，准备来收的时候，被你捷足先登了？"

田鹤说道："有这种可能。先不说这个了，睡觉。对了，你一直和我睡一间房子，到时候是不是不好嫁人了？"

陈荣怡笑道："那你对我负责不就可以了？"

藤野小次郎直接找上了门，怒气冲冲地问杨司令："前几天晚上发生的事情令我非常不愉快，在杨司令的管辖范围内，居然有流氓土匪袭扰我大日本帝国兵营，这对大日本帝国皇军来说是一种莫大的侮辱！请杨司令给我一个解释！"

"对不起，藤野先生，你们大日本帝国皇军一百多号人，人人手中都有枪，而且训练有素，纪律严明，怎么会被一股土匪流氓骚扰呢？再说了，大日本帝国皇军威名远播，一般土匪流氓怎么敢去骚扰你们？一定是贵军得罪了什么人，才让人钻了空子吧？"

藤野忍着肩膀上的疼，说："我看到你的朋友在我的军营里，冒充我的士兵杀死了我的狙击手，而且还带着帮手，从他们的行为上来看，也是训练有素，我想只有贵军之中才有这样的人吧？"

杨司令冷冷一笑，说："看来你是想让我给你一个交代是不是，藤野少佐？"

"当然！"藤野小次郎说："大日本帝国皇军，从来不惧怕死亡！"

杨司令一听，立即拔出枪来，怒道："那我中国人就怕死了？高副官，给我把这王八蛋拿下！"杨司令说完，身后的士兵刷刷刷将子弹上了膛，对准了藤野小次郎。并且有几个士兵已经上前来，喝道："交出武器！"

藤野小次郎身后的两位日本兵也举起了枪，忽然两声枪响，两个日本士兵顿时倒地。藤野大惊，正要说话，忽然又是一声枪响，杨司令的腹部爆出一团血花，整个人轰然倒地！他身后的士兵立即将倒地的杨司令围了起来，并且四处警戒，而高副官则冲过去用枪对准了藤野小次郎的脑袋，怒道："他妈的，还有狙击手？！给我拖出去毙了！"

杨司令虽然倒地，但是子弹只是打穿了他的肚子，并没有留在体内，虽然流血很多，可并未致命。听到高副官要杀藤野，他立即阻止，"不能杀他！"

高副官不解地问："为什么？"

杨司令捂着肚子，忍痛道："杀了他，就开战了！"

高副官似乎明白了什么，大叫道："把他给我绑起来，等司令伤好了再说！"

杨司令说完那句话就晕了过去，幸好军医来得及时，才算保住了杨司令一条命。

杨司令是3天之后才醒过来的，见高副官站在自己的床前，忙问："现在，田鹤是什么情况？"

高副官道："我派人跟着过去了，他没有生命危险，日本人没有找到他，但是我发现另外一批人对田鹤非常有兴趣，也跟着他，应该是冲着黑玉去的。"

杨司令想了想，说："黑玉还在他身上，我想，找黑玉的人应该就是她了，你记住，派人跟着他，必要的时候出手，但是不能以真实身份露面，这几天你全权处理这件事，不要让日本人提前找到真正的龙首所在地！"

高副官忙说："是，司令，但是我们手中的那件龙首也是真的，还有那十二生肖都是，那我们放出去的消息就没用了？"

杨司令说道："当然有用，现在外面的人不知道出现的龙首到底是真是假，他们万万没想到真的还在我手里，但是外面的也是真的。想要得到龙首和十二生肖的人，肯定也没有想到，我们从坑里收回来的十二生肖，其实不是一种。"

"司令，我明白你的意思了，混淆视听！打烟雾弹！对了，司令，我查过你身上穿出来的子弹，那不是我们的枪，是日本人的军官手枪，看来潜伏在我们身边的人开始动手了。"

杨司令道："我知道了，查，查出来就地正法！顺便给老子端了小日本的窝！"

第六章　暗流涌动

熊三爷已经察觉到了田鹤的动向有些问题。自从云山子死后，熊三爷就一直派人跟踪在田鹤的身边，没想到田鹤居然会用这一招破釜沉舟，来和日本人对着干。10年前的事情看来还没有完全暴露，否则田鹤不会那么悠闲地在街上收古董。

正当熊三爷玩味地等着田鹤山穷水尽但却没有人愿意收他手中的古玩时，狗子上前来说："三爷，打听到了，白河县的日本人老窝让人给端了！"

"端了？"熊三爷忽然愣了一下，"没道理呀，这日本人的地方国人向来不敢乱动，怎么有人吃了熊心豹子胆，居然敢把日本人的窝给端了？联系到坂田君了没有？"

"三爷，联系到了，坂田君还在杨家呢，这一次消息也是坂田君放出来的，现在藤野少佐回到了华中日军总部，坂田还在杨家。"

熊三爷想了想，说："联系坂田君，问一下龙首到底找到了没有，现在市面上已经有人开始有动作了，再过半个月，田鹤那混小子一定会把手中的收藏全部出手，到时候我们的视线就会被他的行为掩盖，狗子你动作一定要快。"

狗子迅速离开了熊三爷在西安的家，而熊三爷则拿起了电话，拨通了一个号码。

日军军营被人端掉的消息迅速传了开来，成了白河县最大的新闻。在白河县有这个能力的人，除了姓杨的司令，再无他人。因此，幸存下来的藤野小次郎在和坂田对话的时候，明显将矛头指向了杨司令。

"这位姓杨的人实在太过厉害，虽然我大日本皇军并不惧怕他，但是中国有句俗话，强龙不压地头蛇，我们暂时对姓杨的还没什么办法。"坂田说。

藤野火冒三丈，怒气中烧："难道大日本帝国皇军就这样怕他吗？大日本侵华之日指日可待，难道就为了等那12个死物来让大日本帝国皇军功亏一篑？"

坂田君厌恶地看了一眼这位没有脑子的藤野小次郎，说："我们是为了建立一个完整的、和谐的大东亚共荣圈，不是为了殖民，大日本帝国国土肥沃，难道我们还需要支那的地盘？光一个东北就已经足够，我们还需要什么？你以为中国人是那么容易屈服的吗？五千年的文明从未曾断过，源源不断持续发展，这是世界上唯一一个发展了五千年但文明从未断过的民族，这是一个比铁还要坚固的邻居，你以为靠武力就能轻易征服？看来大日本帝国皇军把你藤野少佐教成废物了！"

藤野气得几乎说不出话来。

坂田君意识到自己说的部分语言有些过分，中国人的确不容易征服。要想征服华夏大地上这个民族，必须要付出惨痛的代价，或者永远征服不了。炎黄子孙从来骨子里就有一股傲气，屹立天地之间，若想征服他们，那必然会用血来偿还。坂田来中国将近12年，这12年来和中国人在一起生活学习，他早就发现中国人的血性是不会那么容易屈服的。

所以，坂田对这位少壮派军官的作风很是不满意，但不能伤了朋友之间的和气。坂田说道："对不起，藤野先生，我知道你是为了大日本帝国考虑，你的心情我完全可以理解，但是我们必须要从实际出发，因为我们的兵力已经严重不足。"

藤野根本就没想和坂田说话，这时候他的脑子里，依然还在想着如何说服华中区长官再给自己一个大队的士兵继续囤聚白河县。白河县是他初来中国的第一个根据地。如此损失，让他在大日本将领面前颜面扫地。

"好了，藤野先生，我想你应该明白我的用心，我现在要回去，你自便。"坂田说完，出门便走。

"该死的阴谋家！"藤野在心里怒骂。

赵寅很久没有和熊三爷联系了，这一次接到熊三爷的电话显得有些突兀。

"赵老板，你还好吗？"熊三爷的语气非常客气。

赵寅冷冷地说道："事情我已经帮你办完了，接下来的事情你自己去解决，我在日本人那边并不好离身，尤其是现在白河县的据点被端掉之后，已经引起了委员长的重视，这一次委员长已经下达了命令，坚决不许开枪。现在这件事情被姓杨的闹了起来，我也不好收拾。"

"我明白！"熊三爷说："但是赵老板你要想清楚，当年七星传奇一事还没完呢，7个人死了一半，还有一半被吓得闷声不敢说话，唯独一个云二爷知道事情的真相，但却被你的相好害死了，你说我这个七星传奇老三能放过你吗？就算我能放过你，千千万万的中国人能放过你这个汉奸？"

"你想让我帮你做什么？"赵寅语气更加冰冷。

"赵老板不要这样说话，你我都是朋友，互相帮忙是应该的。现在云二爷死了，但是他临死前一定会把当年七星传奇的真相告诉他徒弟田鹤，赵老板不知道方便不方便除掉这个田鹤呢？如果让田鹤一直折腾，早晚会扒到你我头上来。"

"那是你的事，与我无关。"赵寅冷声说。

熊三爷沉住气，说："赵老板这话就不对了，要不我直接和杨司令谈谈？看杨司令能不能出面？"

"不用！"赵寅冷冷地说："这是最后一次，我免费帮你办，算是两清，以后你走你的阳关道，我过我的独木桥！"

"哈哈！"熊三爷大笑出来，"还是赵老板明事理！现在田鹤在河南洛阳，赵老板方便的话就跑一趟吧。"

杨司令的伤并无大碍，子弹穿过了肌肉，没伤到骨头。休息了半个月，杨司令基本上能够下床自由活动。但是经过这一次暗杀，杨司令加强了警卫，现在是特殊时期，不得不防备着点。

书房内，高副官恭敬地汇报说："司令，查过了进出杨府的人，基本上都是当地人，唯独有一位叫莺莺的女人没有登记过。"

"就是她了，抓住她，我要活的！"杨司令说完，揉了揉肩膀继续说，"田鹤那边怎么样？"

高副官说："暂时未联系上，现在我们是不是要把所有十二生肖都放出去，我们手中的十二生肖物件只是部分，还有的怎么办？"

杨司令说："和十二生肖一起出土的还有一个装黑玉的盒子，现在黑玉有半块在田鹤身上，还有一件鎏金镶嵌貔貅。镶嵌貔貅在田鹤身上，但是里面重要的貔貅却在日本人手中。现在我们要做的就是极力配合田鹤，把貔貅收回来。"

高副官说道："日本人侵华之心已久，而且委员长极力不抗日，我们这一次是不是有点儿玩大了？"

"大？"杨司令冷冷地说："完全不大，就是再来那么多，老子也吃定了，小日本想占着龙首蛊惑人心，门儿都没有！"

高副官也跟着狠狠地骂着。

"高副官，务必派人找到田鹤，让他小心，实在不行就回来，我们还有事情要做，日本人肯定会再派兵过来，我们要阻击他们，让田鹤回来，还安全一点。还有，派人放出风，就说龙首失窃了！"

田鹤在洛阳客栈几天都没有出门，收回来十几件古玩，件件都是正品，有的甚至还包了浆，但却没有人看得上。

陈荣怡说："要不，我们和杨司令联系一下，把这些东西带回去？"

田鹤说："不行，我们现在不知道什么情况，如果回去了必然会引起日本人的注意，现在日本人已经把矛头指向了我，如果他们再为难杨司令，那我也不好做人。"

陈荣怡说："看来只能等了。"

正说着，忽然有人敲门。

田鹤吓了一跳，走到门前问："谁？"

观音手的声音在门外响起："兄弟，是我，观音手。"

田鹤忙把门打开，观音手走了进来，一屁股坐在桌子前端起桌子上的茶杯一口气喝了下去。

"两位，出大事了！"观音手的语气像极了出大事的样子，"你们知道不知道，日本人的军营被杨司令端了！"

田鹤震惊！

陈荣怡更是惊得说不出话来。

杨司令动手了？田鹤和陈荣怡都在想。日本人的目的是拿到龙首再开枪，难道日本人已经拿到龙首了？

　　观音手继续说："而且，杨司令家的龙首失窃，被人偷了！"

　　田鹤和陈荣怡再次震惊。

　　田鹤问："东西真被偷了？"

　　观音手说："千真万确，我得到的消息还有，和十二生肖一起出土的还有两样东西，一个木头盒子，还有一个是鎏金貔貅，现在兄弟你手上有个黑玉，就是盒子里面的东西，还有一个是鎏金貔貅，但是不知道在哪儿。"

　　田鹤心想，黑玉玉佩观音手是见到过的，陈荣怡和陈老太也知道，但是观音手和瞎子都不知道鎏金镶嵌貔貅在自己手中。

　　田鹤问："那日本人现在什么动静？"

　　观音手说："能有什么动静，无非就是撤军再补，现在日本人军力极度匮乏，需要扩军，但是资金不足。东北那边张作霖已经被炸死了，看来形势不是很好啊！"

　　田鹤皱着眉头，暗忖这观音手到底是什么人？只是一个普通的商人吗？怎么知道得那么清楚！

　　陈荣怡问观音手："那瞎子呢？"

　　观音手说："好长时间没有见面了，不知道他的情况，他最近越来越神秘，好像和一些地下党有接触，但真不清楚。对了，我带来了个人，要收你们的东西，你们要不要见见？"

　　"人在哪儿？"田鹤问。

　　观音手说："人就在楼下包厢内，一会儿老板把你们带过去，我还有事，先走了。"

　　观音手走了，不一会儿客栈老板就找上来说要把田鹤带过去见客人。田鹤跟着老板来到包厢内的时候，赫然看见一个女人，正是云山子死前送出一根金条的那个女人。

夜莺。

田鹤不知道她的身份，警觉地问："你，我在哪儿见过你？"

夜莺与当初有些不同，不同的是她的装扮和身份。当夜莺还是7岁小女孩的时候，父母饿死在街头，孤苦伶仃的她被一位日本浪人抚养成人。这位日本浪人给她起了一个新的名字，叫夜莺。

夜莺长大了，7岁时的记忆已经模糊。她虽然模糊地记得自己是中国人，但却不能忘记日本人的养育之恩，当年如果不是这位日本浪人，恐怕她早已饿死在上海街头。

和熊三爷第一次接触是她的养育恩人在接见坂田的时候，坂田带着熊三爷，与她的恩人秘密谈了一天。从那时起，夜莺就被安排在了熊三爷的身边，共同构筑大东亚共荣圈。在藤野的军营里，夜莺受到了最高的待遇，比赵寅的待遇还要高，赵寅只是汉奸，而她认为自己不是。

在她心里，一直有一个仇恨，那就是必须要杀掉杀他养父的那个人。她的养父于10年前在白河县挖出了龙首，却被姓杨的所抢，他不但抢了东西，还杀了人！夜莺永远记得养父临死之时那种眼神，永远记得！

受熊三爷之托杀云山子，夜莺只出了半份力。她在貔貅上下了骨毒之后，便隐藏了起来。传言，云山子有一双神眼，能看透阴阳，貔貅上的毒能不能被他看出来，夜莺心中没底。

夜莺和赵寅两个人无所谓配合，都在各自干各自的工作，夜莺下毒，赵寅负责引诱。可是夜莺在暗处明显地看出来，云山子已经察觉出了貔貅上有毒，但是夜莺不明白为什么云山子没有说出来，而是笑着问他的傻徒弟关于貔貅真假的问题。

那貔貅是真的没错，只是肚子里一对小的貔貅被拿走了，这点云山子必然会察觉，可是他不说，这就有问题了。夜莺生怕云山子察觉而坏了熊三爷的大事，因此当时的夜莺心里忐忑不安，直到云山子和他的徒弟走了，她才安心去找熊三爷交差。

田鹤问："你，我是不是在哪儿见过你？"田鹤的感觉是对的，他的确在某个地方见到过这个女人，但是他一时眼盲，居然没认出来这位就是杀死他师父的真凶，反倒把视线集中在了那个男人身上。

夜莺当然认出来这位就是云山子的徒弟，她虽然早有心理准备，但依然很震惊。当初下毒的时候，田鹤也摸了貔貅，他怎么没死？

夜莺问："你要出货？"

田鹤说："这边谈。"

夜莺跟着田鹤来到了包厢。要了几个菜后，田鹤问："我这里东西比较多，你能一口吃掉我就全拿出来见见光，你要是吃不掉那你就选个年份，我这汉以前的东西没有，汉之后一直到晚清的都有。"

夜莺冷冷一笑，说："我要黑玉。"

夜莺的话音刚落，田鹤忽然看到一个黑洞洞的枪口对准了他的脑袋。田鹤惊得满身是汗，猛地想起来，这个女人不正是在那户人家见到的女人吗？对！没错，就是她！田鹤的心里忽然冷静了下来，在死亡面前，他居然一点都不害怕。

"你不怕？"夜莺也很惊讶，很少有人能在枪口下不畏惧的。

"怕？"田鹤冷笑，"自从你和那个男人合伙杀了我的师父之后，我就再没有怕过。古玩只是物，人命才是真！你杀了我师父，我只想知道你背后的人，我就饶了你。"

夜莺再次震惊，这个人不但不怕死，还是个傻子。

"现在是我是否饶了你，不是你是否饶了我。"夜莺说："在你临死前，我可以告诉你几件事情，让你死得明白。"

"你说。"田鹤翘起二郎腿。

夜莺说："关东军马上要杀到南京，你们的民国政府早晚灭亡。现在缺的是一个俘虏人心的东西，就是龙首。只要我们拿到龙首，必然开战。"

"你们拿不到龙首，那是中国人的根。"田鹤冷冷地说。

夜莺微微一笑，坐了下来，索性把枪放在了桌子上，但是枪口依然对着田鹤。"对，那是你们中国人的根，也是我的根。我也是中国人，但我是被日本人养大的。在我最苦难的时候，没有一个中国人伸出手来救我，所以我对中国人没什么感情。你也不要和我提什么同胞之情。杀你师父的那个男人叫赵寅，这是我额外送你的优惠，你当了鬼就可以去找他。还有，赵寅是受到熊三爷指示的，我想你还不知道熊三爷就是七星传奇的老三吧？"

"什么？"田鹤震惊，"你居然也知道七星传奇？"

"当然，古玩界的七星谁人不知谁人不晓？"夜莺说："当年我的养父在白河县挖出了龙首，却没想到被杨司令所杀。龙首丢了，人也死了。你师父是七星传奇老二，熊三爷是老三，当年我的养父在得知白河县地下有龙首的时候，请了你的师父等7个人前来准备鉴定……"夜莺说到这里，突然停了下来。

田鹤冷冷地问："然后怎么了？"

夜莺说："没有然后了，之后的事情我也不知道。"说完，夜莺拿起了枪，正要开枪，忽然包厢的门被人一脚踢开，陈荣怡提着枪猛地冲了进来。

夜莺没想到会有人进来，还没来得及开枪，陈荣怡一甩手，一枪打在了夜莺的肩膀上。一股血雾喷出，夜莺肩负重伤，落荒而逃。

陈荣怡正要追，忽然听田鹤说："穷寇莫追。"

陈荣怡停了下来，问："为什么？她要杀你！"

田鹤说："留着她还有用。我得到了一个消息，回房说。"

房间内，陈荣怡把门窗关紧了之后，问："什么消息？"

"最近暗流涌动，日本人要得到龙首，原来是要占领我们的土地！"

陈荣怡听了，平淡地说："原来是这个。"

田鹤问："你，难道你早就知道？"

陈荣怡道："现在日本人在东北集结，随时都要侵吞我们的土地，现在日本人兵力不足，需要的是一个适当的时机，才能弥补兵力不足的情况。龙首对中国人来说非常重要，但是对日本人来说，同样重要，因此杨司令是整个事情的关键。"

"现在，杨司令把龙首锁在了自己的房间里，这就等于抱着一颗定时炸弹，随时都有危险。"陈荣怡继续说："日本人野心不小，杨司令独自作战。现在龙首就是关键，龙首虽然在杨司令家中，我怀疑，这几天杨司令家中一定会出事。"

"我们到河南来，完全是机密，没有几个人知道。刚才的那个女人居然找到了我们，那么我们的行踪肯定暴露了。但是我们现在还不能回陕西，我们得回上海。然后把杨司令接过来，顺便把龙首秘密转移到上海或者南京。"田鹤说。

"那我们现在要回上海？"陈荣怡问。

田鹤摇摇头："不，不能现在回，我们得去南京，在南京打点好一切之后，把杨司令接过来就行。但是转移十二生肖一事事关重大，我们得从长计议。杨司令端了日本人的窝，现在就等于和日本人明刀明枪地干了，杨司令现在很危险。我们得抓紧时间，虽然从长计议，但是时间紧迫。"

陈荣怡点点头，"那听你安排。"

南京的情况不容乐观，各大势力都在争吵着到底要不要抗日的问题。但是田鹤却没有去掺和这些。

南京夫子庙古玩很多，田鹤拿着一把鼻烟壶看了有一个小时。

"老板，你都看了一个小时了，入不入眼呐？"摊位老板是个岁数不大的女人，看样子倒是像个暴发户，不过那双眼睛里的贼光，让田鹤很不舒服。

"东西不错，清初的东西，虽然不值几个钱，但品相不错，还包浆了。师父手艺不错，我拿了，包上吧。"田鹤懒洋洋地说。

"老爷，咱们钱不多了。"陈荣怡站在田鹤的身后说道。

"呵呵，没关系。"田鹤收了鼻烟壶，对那女人说道："你收不收东西，我这里有一些好东西，你如果想要的话，我半价处理给你。"

女人一听，两眼放光，说："老板，我这儿不收东西，但是我男人那儿收，你要不去问问？"

"你男人在哪儿？"田鹤问。

女人给了一个地址，说："就这里，去了就说是春三娘让来的就行。"

田鹤拿着地址走了。

陈荣怡奇怪地问："你拿这个鼻烟壶干什么？"

田鹤笑了笑，带着陈荣怡来到了无人的小巷子里，说："我是来拿信的。"说完，他拧了拧鼻烟壶，居然把头拧开了。

陈荣怡奇怪地问："信？什么信？"

田鹤拿出了里面的一张纸条，说："你看，这不就是信吗？"

陈荣怡忙问："你怎么知道这里面有东西的？"

田鹤说：“你发现没有，我们在上海的时候就一直有人跟着，再回到陕西还是有人跟着，直到现在还是有人在跟着我们。那些人也知道我们发觉了他们的行踪，所以就在这个鼻烟壶里藏了这封信，等着我们来拿。”

“哦。”陈荣怡果真佩服田鹤的细心，“那上面写的什么？”

田鹤打开纸条，只见上面只写了3个字：陈老太。

陈老太出现了！田鹤和陈荣怡都是一惊。点了火烧了纸条，田鹤问陈荣怡：“关于七星传奇，你还知道些什么？”

陈荣怡说：“云二叔给我照片的时候，只是对我说，这照片要保存好，并且一定要亲自保存，这照片的存在，连陈奶奶都不知道。当年七星中的7个人死了一半，我所知道的就剩云二叔和蛇七叔了，对，如果陈奶奶和瞎子也算的话，那就剩4个。”

田鹤想了想，问：“那问题的关键就是，我们不知道陈老太和瞎子到底是不是啊！”

陈荣怡也想了想，忽然说道：“我们找蛇七叔问问不就知道了？”

“你是说回上海？”田鹤说：“那就回上海，我必须要弄清楚当年到底发生了什么，如果真如那个女人所说，是日本人把七星引到了陕西然后害死他们，那么冤有头债有主，我必须报仇！”

陈荣怡说：“那你知道不知道给你送信的人是什么人？”

田鹤摇头道：“不知道，我猜不出来这些人到底是什么人，我考虑他们对我没恶意，好像是在引导我向某个方向走。但是我又摸不准他们到底要干什么，总之目的肯定不坏。”

两人正在一路走一路说，忽然身旁停下了一辆黄包车，车主问：“二位坐车吗？”

“不坐，谢谢。”田鹤摇头，婉言谢绝。

黄包车继续追上来问："二位坐车吗？有鼻烟壶吸。"

田鹤一愣，随即看了一眼这位黄包车夫，然后和陈荣怡对视一眼，随即上了车。有鼻烟壶吸？真的有吗？恐怕只有田鹤和陈荣怡听出了这位黄包车夫的意思。他可能就是送信的那个人。

黄包车夫一路飞跑，不一会儿停在了一座基督教堂前。

黄包车夫停了下来，说："二位里面请。"说完，黄包车夫拉着车走了。

田鹤奇怪这个人为什么把自己送到了教堂前，将信将疑下，田鹤还是走了进去。刚一进门就见一个中国神父看了一眼田鹤，然后说："主的荣光将随时降临在你们的头上，只要你们是真龙之子，昂首挺胸，在主的荣光下，我这儿必将有伟大的消息告知你们。"

陈荣怡听得这些话感觉莫名其妙，教堂她不是没来过，可从来没有这样祷告的。可是田鹤却听了出来，神父的这句话里隐藏着一句非常重要的话：在我这里，有龙首的消息。

田鹤问："神父，我想祷告，不知道去哪里？"

神父微微一笑，说："前面第二排。"

田鹤扫了一眼，发现整个教堂里，稀稀拉拉地坐了一些人，多数都是两个人坐在一起，唯独第二排只有一个人。

田鹤让陈荣怡在这里等，他走上去坐在了那个人的身边，问："我来了，你有什么要对我说的？"

那个人也不去看田鹤，而是说道："你能来我很高兴，我们一直都在观察你，虽然你不认识我们，但是我们需要你。"

"你们是什么人？"

"别问我们是什么人，你只要知道我们有最高的信仰。"

"什么信仰？"田鹤问。

那人说："自我介绍一下，我叫罗玉辉。你是田鹤吧？你的眼力不错，在河南、陕西、上海，甚至是在南京，都能一眼看出古玩的好坏，并且从未出错，这点我很欣赏你，我自叹不如。但是我问你，你现在有理想吗？"

田鹤心道，这人是不是脑子有问题，是个人都有理想！

"我当然有理想，但是我不能告诉你我的理想。"田鹤半开玩笑地说。

"你的理想就是找到杀你师父云山子的凶手，然后报仇，然后你就不知道要干什么了。日本人马上就要侵吞整个中国，而你却在这里为了一点私仇而拿鸡蛋碰石头，难道你不觉得你很混蛋吗？"

"你！"田鹤微微发怒，随即忍了下来，"你到底是什么人，你和我说这些有什么用？而且你是怎么知道我要报仇的？"

"是你现在跟我说的啊，我之前不是很确定，现在知道了。"罗玉辉说："放心，这里除了那位姑娘和你，都是我们的人。我们都有一个共同的理想，和你的理想不同。"

"那你说说，我的理想和你的理想到底有什么不同？"

"这个世界上，有两种理想，一种是自我理想，是通过自己的努力而可以实现的理想，这叫狭隘的理想。"罗玉辉说。

"那我的理想是狭隘的还是广义的？还有另外一种理想是什么？"

"你的理想不算狭隘也不算广义，你的理想只能算是愿望。愿望往往是可以实现的，而理想不一定。另外一种理想是不能通过自我努力而实现的，而是理想通过我而得到实现。再简单一点说，就是一种我实现了我的理想，另外一种是理想通过我而得到实现。你明白吗？"

"我不是很明白。"田鹤说。

罗玉辉笑了笑，说："你听说过多少种社会制度？"

田鹤实在搞不明白对方在说什么，但是听对方说那一种通过自我而实现的理想，倒是挺有意思，想了想，他说："社会制度？我听师父讲过我们现在是民国，过去叫封建，我说得对不对？"

罗玉辉点点头，说："你能说出这些，已经不容易。那你听说过资本主义制度吗？"

田鹤摇头，"没听说过，怎么？很有钱吗？比封建好吗？"

"对，相对于封建来说，资本主义把农民从土地上解放了出来，因此资本主义比封建好。资本主义也很有钱，但是那都是靠剥削像你这样的劳动人民换来的，那叫资本压榨，你创造的剩余价值将会被资本家以压缩时间等方式榨取。你创造更多的价值，但是却换不来一分属于你的钱，你拿到的，可能只是一块解决饥饿的面包。"

"照你这样说，我们为什么不走资本主义？"

"呵呵，我们现在有可能就是资本主义，但是我们在停滞不前，甚至是在倒退。那你知道不知道，我们应该怎么去解决这个问题？"

田鹤想了想，说："想不出来。"

罗玉辉笑着说："我们有更完美的制度，叫共产主义，它是一种最适合我们的制度，来自于北方的俄国，是马克思和恩格斯提出来的。"

"怎么，这种制度比资本主义还好？"田鹤完全被吸引了过去。

罗玉辉说："当然，资本主义主张剥削劳动人民，但是共产主义从来不主张这样做。共产主义里没有剥削，没有压迫，没有饥饿，甚至没有阶级，人民就是主人，人民就是权力。只有在那样的社会里，才能解决现在的问题，民国不抗日，我们共产主义先驱必然抗日，领导人民走出火坑，迈向美好的未来。"

"那，那听你的意思，你是让我加入进去，和你们一起共事？"田鹤问。

罗玉辉再次笑了笑，说："不，我需要你帮我一件事。"

"什么事？"田鹤问。

"我需要你帮我拿到龙首。"

"哦！"田鹤猛地站了起来，说："搞了半天，你也想拿到龙首？"

罗玉辉不紧不慢地站了起来，说："田鹤，我千辛万苦地找你来，不是光想拿到龙首。你知道，我们如果对你有恶意，早就动手了。但是我们不会那样做，因为我们有理想，并且我们是同胞，同胞是不会相残的。我要拿到龙首，是确保龙首的安全，你也知道，杨司令和日本人打了起来，我们也不想勇敢的杨司令被日本人杀掉。好了，今天就说到这里，你好好考虑，考虑好了，就把消息放在鼻烟壶里，随便找一个摊位低价卖掉，我们就能拿到你的信息。"

"好，我会考虑的。对了，难道你们给我送陈老太的消息，就是为了说这些？"田鹤问。

罗玉辉说："当然，我想告诉你，陈老太现在还在上海，并且她手里面，就有一块黑玉。我真心地希望你能拿到那块黑玉，然后你就知道该做什么了。"说完，罗玉辉起身而走。

当他们走了之后，田鹤才觉得异常震撼。在这个世界上，真的有那么一种制度是完美的？真的有那么一种主义可以带领一群人，让日本人滚回老家？又真的是有那么一种制度能结束现在民不聊生、民生疾苦的局面，让所有人都好起来？

田鹤不敢相信，因为这种思想冲击太大了，他从来都没有想到过，有那么一群人会愿意为了一种伟大的理想而可以牺牲自己的生命！

田鹤的脑子里都在回想着刚才罗玉辉说的话，陈荣怡在一旁叫了几声，他都没有听到。当陈荣怡就要生气的时候，田鹤忽然回过神来，问："你说，这世界上真的有那么好的主义？"

陈荣怡完全不懂他在说什么，问道："你在说什么呢？什么主义不主义的？现在我们去哪儿啊？"

田鹤这才想起来自己在教堂里，看来这一次必须要先找到陈老太啊！关于黑玉、貔貅、龙首、十二生肖、七星传奇等事情，慢慢地就全部串联到一起了。但是，这些东西全都摆在一起，会出现什么新的事情呢？

田鹤的脑子里，依然一片混乱。

第七章 斗智斗勇

　　田鹤回到了上海，和陈荣怡一起去找蛇老七。他们找到蛇老七铺子的时候，看到鬼市门前没有蛇老七的身影。田鹤心想，难道有生意来，人在里面？田鹤和陈荣怡二人来到了蛇老七的铺子里，看到蛇老七正一个人坐在椅子上，背对着他们，一动不动。

　　田鹤叫了一声，蛇老七也没有回答。他很奇怪，走上去一碰他，蛇老七却轰然倒地。田鹤被吓了一跳，这才见蛇老七的胸前插着一把匕首，深入心脏！

　　陈荣怡被惊得差一点儿叫出来，她捂住嘴巴退到一边，浑身颤抖。

　　蛇老七死了，死了许多天，还没有人发现他的尸体。蛇老七的尸体已经开始腐烂，但是身上却被人撒了一些药粉，不但没有发出臭味，还有点异香。田鹤壮着胆子走近看了看，蛇老七的伤是在胸口，但是后背的衣服下面还有一个洞，而且伤口已经腐烂，胸前的匕首只是在人死后插进去的，并不是致命伤。

　　在蛇老七身边的桌子上，一个清代的笔洗端端正正地放在上面。

　　田鹤检查完了尸体，对陈荣怡说："死了。"

陈荣怡忍住恶心，退出了铺子。田鹤找了个能盖的东西把尸体盖上，也跟着走了出来。两个人回到了田鹤的住处，许久都没有说话。

过了许久，陈荣怡才问："蛇七叔被人杀了？"

"我知道。"田鹤说："他是被人一刀插在了后背，当场毙命。杀他的人应该是熟人，并且当时两个人正在谈着什么事，蛇老七旁边的桌子上放着一个笔洗，可能是当时凶手和蛇老七正在谈论这个笔洗。"

陈荣怡说："那这个死掉的蛇老七是不是真的，或者是蛇老七的替身？"

"是真的。"田鹤说："蛇老七的样子我记得，替身的模样没有蛇老七有神。今天被杀掉的的确是蛇老七，而且杀他的人蛇老七肯定认识。"

"为什么这样说？"

"蛇老七死的时候一点儿反抗的痕迹都没有，那说明他死之前对凶手绝对信任。蛇老七在死之前，正在和凶手谈论那个笔洗。清代的笔洗能值什么钱？肯定不是买卖，而是在谈论，那个笔洗很普通，清代的笔洗很多，赝品也很多，因此两个人肯定不是在谈论价格，而是在谈论鉴定方法。但是在鉴定的时候，凶手忽然袭击，把蛇老七杀了。"

"分析得有道理，但是凶手是谁？"

"不管凶手是谁，肯定是和我们有关系。古玩界正准备经历一场血雨腥风，我们不能坐以待毙，蛇老七死了，接下来说不定就是我们，我们得抓紧时间把杨司令接过来，同时……"田鹤说到这里停了下来。

陈荣怡问："同时什么？"

田鹤说："同时，我们还要把龙首接过来。"

"接到上海？！"陈荣怡几乎不相信自己的耳朵，"那不是更危险吗？"

田鹤不知道自己判断得到底对不对，"其实我在考虑罗玉辉说的话，哦，就是那天在教堂里见到的那个男人。他说的主义，我觉得很有道理，也很符合现在的社会氛围，但是我不知道是不是应该信任他们。"

　　田鹤的确不知道自己是不是应该信任他们，这些天来发生的一切让他措手不及。貔貅和黑玉的出现把他牵扯到了龙首一事中来。他没有想到日本人会把龙首看得那么重要，他更没有想到，中国人是多么的痛恨日本人。

　　东北一面已经开战，张学良少将的20万东北军蓄势待发，虽然未打起来，但那却是一支抗日生力军。广东的蔡锷将军也已经和日本人打了起来。现在陕西的杨司令也把日本人的窝端掉了一个。那么什么时候才是全国性战争？

　　龙首在战争中究竟能不能得以保存？这个问题田鹤在脑子里面想了很久。他不知道这个答案到底是什么，但是他知道，龙首绝对不能落到日本人手中。

　　这一次田鹤真正把思想提高到了一定的境界，他想的不是简单的生存，而是理想。陈荣怡感觉到了田鹤的变化，默默地陪在这个男人的身边，甘愿地当着他的"八姨太"。

　　什么是理想？

　　理想是通过自我得以实现的一种主义，是一种至高无上的境界，没有人能超越这种理想而存在，只能活在这理想当中，为了理想，可以牺牲包括性命在内的所有一切。

　　田鹤想到这里，似乎悟到了些什么。

　　田鹤给杨司令写了一封信，大致的内容是阐述了最近一段时间发生的事情，然后说了一下他的想法，如果可以，最近就可以行动。一个星期之后，田鹤收到了一封电报，内容是杨司令亲自的回复：计划可行。

田鹤在收到电报之后，立即开始实施。但是他一个人，毫无办法。他想到了瞎子和观音手。观音手在上海的势力不容小觑，而且以瞎子的能耐，定然能制定出让杨司令及十二生肖从陕西平安到达上海的计划。

只要龙首到了上海，田鹤就立即将其转移到南京。在南京，有那些拥有崇高理想的人接应，至少十二生肖不会落到日本人手中。

为了安全，田鹤让陈荣怡去南京联系罗玉辉，他独自一人再次回到了陕西白河县。杨司令在见到田鹤之后，异常欣喜。

"既然你回来了，那我也打算最近就去上海，带着十二生肖一起去。"杨司令说。

"安全是第一，我们得有一个计划。"田鹤说。

杨司令点点头，带着田鹤来到了密室，两人谈了整整一夜，第二天才从密室里出来。高副官接到杨司令的命令，秘密出发，部队留在白河县，只有杨司令和高副官出发。

在接到密令后，高副官立即准备，当天夜里，杨司令就带着随从10多名警卫化妆成商人，秘密地带着十二生肖从白河县出发了。杨司令一出白河县，田鹤也提着个大行李箱带着20多名警卫离开了白河县，一路南下，途经贵州一直转到云南，再从云南转到福建再入浙江，然后在绍兴稍作停留。

瞎子及观音手也跟在田鹤的身边，同时观音手联系上海的朋友，开始行动起来，保护十二生肖出现。一切安排好了之后，田鹤算是稍作放心，但是总感觉有些地方不对劲。

田鹤跟观音手说："这些天我总觉得不踏实。"

"你不踏实是正常的，换作我，我也不踏实，放心吧，我们明天就再上路，出了浙江就入江苏，到了江苏我们就安全多了。"

一夜无眠，田鹤抱着大箱子睡了一夜。

第二天起来，发现观音手不见了，问瞎子，瞎子说："不知道，昨天晚上早早就睡了。他就是这样的人，来去无踪，我们上路，一路上给他留下点儿线索就行。田鹤，这时候你不能相信任何人。龙首对我们来说非常重要，尤其是对抗日的将士！"

出了绍兴，没走半天的路，忽然从路旁冲出来数十人。顿时，枪声四起，田鹤带来的 20 多个人，瞬间有五六个人中枪，倒地不动。剩下的人也摸出手枪来和他们打起了游击战，可是那些人人数众多，田鹤这边带来的杨司令的警卫，渐露下风。

田鹤大惊，正要摸枪，却听人群中走出来一个人，看了一眼田鹤，冷冷地说道："田鹤，放下枪，你们不要做无畏的牺牲了，不要动，呵呵，我们又见面了。"

田鹤仔细一看，此人不是别人，正是杀师父云山子的那个男人，赵寅！

"第二次见面，自我介绍一下，鄙人赵寅，祖籍陕西，正宗的中国人，既然你我都是中国人，那么就会很好说话，这样吧，你把东西留下，我留你活口，怎么样？"赵寅冷冷地说完，又忽然笑了出来。

"毒是你下的？"田鹤冷冷地问。

"毒？哦，那个毒，算是我吧，不管是不是，你都没有办法报仇了，我饶你一命，只要你把东西留下。"赵寅冷冷的声音让田鹤越发地愤怒。

"田鹤，不要听他的，他是汉奸，当年就是他害死了七星，他就是直接的凶手！"瞎子在一旁忽然说道。

"什么？"田鹤大惊，"你说的是真的？"

瞎子说道："千真万确！就是他，我听得出来他的声音，死也忘不掉，我的眼睛就是被他弄瞎的！"

赵寅看了一眼瞎子，忽然说道："哦，我差点儿没认出来，原来是你，当年七星传奇的老大，现在还苟且地活着呢？奇怪了，你当初非要说龙首就在白河县，可是我们挖出了东西，却没看见龙首啊！夏老大，你会不会在10年前就骗了我们？当初如果不是熊三爷提前察觉，把你们兄弟姐妹7个人全都出卖了，恐怕我还不知道你们的勾当呢！"

"什么？！"田鹤再次震惊，"你就是七星传奇的老大？"

瞎子叹了口气，说道："对，我就是老大。我姓夏，别人都叫我夏老大，如今，我真的成了瞎老大了！"

"当年到底发生了什么？"田鹤忍不住问，他一定要弄清楚当初发生了什么，到底是什么原因让七星传奇集体销声匿迹，甚至死亡。

瞎子说道："10年前，我接到了一位自称钟原的人说，在白河县查到了一个大坑，里面可能有当年诸侯王避难时候带下来的财富，让我们七星前去鉴定，我以为这是一个扬名立万的机会，就带着兄弟姐妹们一起去了。但是我没想到，我去了之后，坑并没有被挖开，而是让我继续勘察，我勘察了将近一个月，确定这里就是当年诸侯王永眠之地，于是让钟原开挖。却没想到，迎接我们的却是一个巨大的陷阱。那个叫钟原的人不是中国人，而是日本人，他凭借着对中国风水的熟悉，找到了当年诸侯王隐藏的地方，就在白河县。在白河县隐居了一辈子的诸侯王，在临死前把死去的女儿的墓挖开，把自己葬了进去，也就形成了我们现在所说的坑。那里面并没有所谓的财富，但是却有十二生肖和一个盒子以及一个鎏金镶嵌貔貅。当年钟原挖开了坑，却被杨司令横插一道，把东西全都抢走了，钟原一怒，说是因我判断失误，让赵寅挖了我的眼睛……"

"那当年的七星传奇，到底是些谁？"田鹤想起了陈荣怡手中的照片，继续问。

赵寅在一旁冷冷地说道："你们不要在这里聊天好吗？动手抢东西！"

"等等！"田鹤一听赵寅要直接硬抢，顿时怒道："如果你们敢动手，我就引爆箱子里面的炸药，到时候你们连灰都得不到！"

赵寅愣住了，随即摇摇头，笑道："你有胆子和龙首同归于尽？我不信！"

"那你来试试！"田鹤说完，从箱子的一角拉出了一根引线。

赵寅信了。

瞎子再次叹气，说："当年的七星传奇，我是老大，其次是你师父云山子，然后是熊老三、陈老四、花子老五、田老六、蛇老七。说来，你和七星传奇也有渊源。"

"我的师父是云山子！"田鹤强调说："我的师父是云山子，怎么没有渊源？"

瞎子摇摇头，正要说话，却听赵寅说道："嗯，是有渊源。当年七星传奇老六田福园，就是你田鹤的父亲哟，不过当时他执迷不悟不识时务，被我杀了。对不起，我是你的杀师仇人，又是你的杀父仇人。"

田鹤大怒，正要说话，却听瞎子说道："对，他说得对，我们对不起你。田鹤，当年你父亲死后，把你托付给了最谨慎也是最聪明的老二，但是老二又把你送到了杨司令门下，可是杨司令当年刚好抢了龙首，认为他自己的性命都不敢保证安全，就在雨夜又把你送到了老二门前。这就是你的过去，杨司令为了让老二云山子能留下你并且教导你，就把出土的黑玉在你的身上放了一块，但是后来丢了一块。"

"那一块，在陈老太的身上！"田鹤说："那为什么，当年去鉴定古玩时候你们拍的照片，会有两张？"

"两张？"瞎子一愣，慢慢地走到田鹤身前，说："是不是两张我就不知道了。当年我们是拍照片了，不过陈老太不在其中，照片里面有一个人不是七星传奇的人，而是当年的那位钟原！"

田鹤又问："那我师父手中有一张照片，里面没有你，但是却有陈老太，这是怎么回事？"

"那是因为……"瞎子凑到田鹤的身边，忽然猛地推了他一把，随即把箱子抱在怀中，猛地拉开了箱子上面的引线！

赵寅还没反应过来，一见瞎子抢过了箱子，顿感不妙，立即开枪。瞎子的身上爆出一团团血雾，整个人晃动了几下，随即倒地，见田鹤还在原地，立即使出全身的力气大吼："快跑！"

田鹤正要去拉瞎子，却听瞎子又大吼道："跑啊！"喊完，瞎子拉响了箱子里面的引线。

"轰！！"

一声巨大的爆炸声及气浪把田鹤掀飞了起来，爆炸让赵寅等人根本没有来得及跑，直接被炸碎。田鹤被气浪掀飞了出去，五脏六腑像被震得几乎颠倒了位置，巨大的爆炸把他震晕了过去。当他醒来的时候，天空中正下着濛濛细雨。

现场只剩下了一个大坑，其余的便是灰烬。瞎子被炸成了碎末，到处都是。巨大的爆炸让除了田鹤以外的人都死了。

田鹤苏醒的时候，已经是3天之后。在一家小诊所内，田鹤的身上裹满了绷带。

田鹤的身上带着一道道伤痕，疼痛难忍。幸好有瞎子的提醒，否则他必然也会被炸死。可就算是这样，他的五脏六腑也是翻江倒海，痛苦难当。幸好，箱子里面不是真的龙首，田鹤心想，如果是真的龙首，他根本就无法向杨司令交代。

"幸好我路过听到爆炸声，否则你必死无疑，那么大的爆炸，到底是什么炸的？"一位银发白须的老人走过来，问田鹤。见田鹤疑惑地看着自己，老人淡淡一笑，说："这里是鄙人开的一家药铺，祖传老中医，放心，我不是坏人。"

"那我也不是什么好人，你那么相信我？"田鹤不想在这里久留，打算现在就走。老人见田鹤要起身，说道："你想走？你现在不能走，昨天来了许多日本人，在到处寻找爆炸的幸存者还有什么十二生肖，我看你就是在爆炸中受伤的，你还是不要出去吧！"

"你就不怕我是日本人？"田鹤问。

老人看了看田鹤身上的伤，觉得没什么大碍了，便说道："你的伤无碍了，基本都是皮外伤，骨头和五脏六腑没有受伤，你命大。你不是日本人，是不是日本人我一眼就能看出来。好了，在我这里调理几天，等风声过了，你再去找你的同伴吧，我看全都炸死了，现在找也找不到。我这里很安全，日本人不会找到我这地方，你放心吧。"老中医说完，提着药走了出去。

田鹤只能暂时在药铺内留下来。

回想当时，如果没有瞎子的提醒，恐怕他也会被炸死。瞎子牺牲了自己成全了田鹤，田鹤的心里永远应该记得这份大恩。将来如果有机会，田鹤一定会为七星立碑。

此时的藤野恼羞成怒，这都是几次了？已经是第八次把人从眼皮子底下丢掉！"坂田君，希望你这一次能给我一个很好的解释。"

坂田冷笑道："当时如果不是我提前离开，恐怕我也会被炸死。

怎么，我向你怎么解释？我的解释就是我不应该死在那里！"

藤野恨不得上前杀掉坂田。

"你在中国人中间隐藏了那么久，难道你就不怕有朝一日被人发现吗？观音手阁下？"藤野说出了坂田的中文名字：观音手。

"我既然能够隐藏那么久，连姓杨的都能骗过去，难道你认为我会那么轻易地暴露，只要有一天我没拿到十二生肖，我就不会揭示身份。藤野少佐，哦不，藤野参谋，希望你不要轻易地在我的背后说我的坏话，我会听到的！"坂田指了指自己的耳朵说。

"这一次赵寅的死是个意外，他只是我们扶植起来的傀儡，死了倒也没什么损失，只是如果龙首被炸没了，你回去也不好交代。"藤野冷静了下来，说道。

坂田没理会藤野，而是抽出武士刀，尽情地耍了起来。

藤野忍住怒气，带着士兵走了出去。

浙江绍兴，到处都有日本人，这些人都是藤野的士兵。每一位出城的人都得接受检查，尤其是带伤的人。因此在短期之内，田鹤算是被困在了绍兴城内。

好在有老中医照顾，田鹤衣食无忧，而且见日本人如此兴师动众，那么也间接证明他们还没有找到真正运送龙首的人。

"藤野阁下，十二生肖被运送了出去，其中还有半块黑玉及貔貅。"夜莺站在藤野身前，恭敬地说道。

藤野点点头，看了一眼夜莺，走到夜莺跟前，伸手托起了夜莺的下巴，问："你不会背叛我吧？"

藤野先生如此莫名其妙的话却在夜莺的意料之内，她顿了顿，坚毅地说："夜莺绝对不会背叛阁下，请阁下放心！"

"那就好！"藤野说："但是刺杀田鹤，你却失手了。身为帝国的武士，是不应该失手的！"

"对不起，阁下！"夜莺立即跪了下来，"当时发生了意外，夜莺受伤。无法再行刺，为了能在下次成功地击杀田鹤，我不能冒险，更不能把我的尸体留给敌人！"

"你做得不错！"藤野说："好了，起来吧，帝国是不会亏待你的忠心的！"

藤野带着夜莺来到绍兴城门前，发现自己的动作还是快了许多，如果按照坂田的意见俘虏中国人心，那不知道要等到何年何月。坂田等得起，但是帝国天皇等不起。对藤野来说，武力征服从来都是最可靠的方式之一。

杨司令是从白河县出发从陕西进入河南，再入安徽的。可是到了安徽之后，却发现到处都是日本人建立的据点，很多道路都行不通，只能南下进入浙江，等到了杭州之后，却又被逼着来到了绍兴。

绍兴城是进城容易出城难，当杨司令带着十几个警卫乔装混进来的时候，才看到藤野虎视眈眈地站在城门前，当即他就后悔进城了。但既然进城，那就好好打听一下爆炸的事情。如果不是绍兴的爆炸，引起了日本人加大了对龙首的追查，他现在可能已经到了上海。

龙首对他来说比命还要重要，绝对不能落入日本人的手中。

进了城，警卫便四处打听，却没打听到任何对爆炸有用的信息，只是听说人全死了，没一个活的。杨司令深深地为田鹤担心，甚至已经考虑到田鹤已经被炸死。

而田鹤此时正在药铺养伤，这几天下来，皮肉伤好得差不多了，虽然还有些隐隐作痛，但不影响坐车走路。田鹤拿出一些随身带的钞票塞给老中医，但是老中医却死都不要。

"行了，年轻人，我治病救人，不是为了钱，你既然要走，那你就走吧，不过日本人把全城都戒严了，你恐怕未必能出得去。如果让人查出来你身上的炸伤，那更是有性命之忧。对了，我在外面的时候听到几个人在打听爆炸的事情，看他们的样子像是当兵的，不过穿的是老百姓的衣服，是你的人吗？"

"打听爆炸事情的人？当兵的？你怎么看出来他们是当兵的？"田鹤奇怪地问。

老中医说："我当然能看出来，几十年了，阅人无数，是什么行业的人，我一眼就能瞧出来。他们身体硬朗，眼睛有神，举止规矩，一看就是当兵的，而且是个好兵。"

田鹤暗忖，难道是杨司令的人？田鹤赶紧收拾一番，对老中医说："我出去一下，去打听打听。"

街面上不时地有一队日本人扛着枪巡逻，只要是见到可疑的人，立即上前盘问，两句没说，便把人抓了起来。田鹤愤怒地看着那些日本人，但却毫无办法，现在他有伤在身，而且对方身上都有枪。

田鹤绕过那些日本人，来到一家茶楼内。茶楼内也有日本人，但都是来喝茶寻乐子的。田鹤找了一个角落坐了下来，细心地看着周围的人。自从日本人来了，绍兴茶楼的生意就清淡了许多，一旦不小心惹怒了日本人，便会遭受杀身之祸。

田鹤要了点儿花生米和花雕，边吃边等，希望能看到熟悉的当兵人。果然，他喝了约莫半个小时，只见几个人出现在了田鹤的视野里。那几个人也找了个角落坐了下来，看了田鹤一眼后，露出一丝不易察觉的微笑，然后扫了一眼坐在隔一座的日本人几眼，便吆喝着小二上酒。

田鹤认识这几个人，那是把田鹤从日军军营里救出来的那些警卫连的人，是杨司令的手下。他们果然来到了绍兴城，不过现在来绍兴城，好像不太合时机。

田鹤起身，拿了酒对着小二喊道："小二，结账，我要下楼到包厢听戏！"

小二立即过来收了钱，田鹤也直接下了楼找了个包厢坐了下来。不一会儿，几个军人也跟着下来了，来到田鹤的包厢之后，一名老警卫让其他的警卫在门口守着。田鹤见老警卫进来了，立即问："杨司令人呢？"

年长的警卫说："杨司令还好，你怎么样？杨司令命我们找你们，还有人吗？"警卫说话的时候还抱着一丝希望，希望还有人活下来，但是当听到田鹤的话之后，老警卫的脸色立即黯淡了下来。

"这么说，是瞎老大引爆的炸弹？叫赵寅的那人也死了？"老警卫问。

田鹤点点头，说："是的，是瞎老大引爆的炸弹。就我一个人活了下来，现在身上的伤还没完全好。对了，麻烦几位通知一下杨司令，我们现在出不了城了。"

"为什么？我们能偷偷混进来，就能偷偷混出去，你还怕这个？"老警卫轻松地说。

田鹤摇摇头，说："不是那么容易，藤野这混蛋是铁了心的要找到龙首，你们能进来，那就不好出去了，出去就得挨个查，除非我们插了翅膀，否则飞不出绍兴城。"

"难道就没有别的办法？"老警卫也意识到问题的严重性。

"办法不是没有，但是得想，我现在还没想出出城的办法，除非我们和日本人硬干，但是我这几天打听了一下，绍兴城的日本人可是一个大队，1万多人，把绍兴城都塞满了！"

田鹤说得也有道理，日本人很多，不能硬干，得想办法混出去，不混出去就没有办法把龙首带出去。老警卫也在想办法，过了一会儿，老警卫说："要不，我们和白河县那边联系联系，和日本人硬碰硬，我们也有人，但是我们这段时间得等。"

"不行！不能作这样的牺牲。你联系可以，但是我得先见杨司令，好好商量。"

正说着，忽然外面有人敲了敲门。老警卫立即警觉了起来，对田鹤说："有人追到这里来了，分头走！"说完老警卫拔出一支枪来塞到田鹤的手中，说："拿去防身！"老警卫推门而出，刚没走几步，忽然见一队日本人从门外窜了进来，让戏班停下来，同时，藤野从日本人中间走出来，大声说："你们这里藏了一名叫田鹤的人，希望你们能够积极配合皇军的行动，我大日本皇军是不会枉杀一个好人的，但是谁要是和大日本帝国皇军作对，那么下场你们也是明白的，搜！"

田鹤一身冷汗被吓了出来，这时候怎么会有日本人找到这里？显然，日本人是冲着他来的，但是日本人是怎么知道田鹤在这里的？

老警卫悄声说："田鹤，你从后面走，戏班一般都有后门，我们在前面替你顶一顶！"

田鹤立即说："不行，要走一起走，我已经害死了不少弟兄，我不能把你们扔在这里！"

正在说话的时候，日本人已经开始搜了起来。田鹤和几名警卫藏在人群中间暂时还没有被发现，但是照这样搜下去，不出半个小时必然会被搜到。现在不走等一会儿就走不了了，可田鹤坚决不想把几名警卫兄弟留在这里。

现在怎么办？田鹤的脑子在飞速地运转，但是他却想不出什么好办法。他抬头扫了一眼猎犬一样的藤野，再看看那一队30多人的日

古玩猎人 一具金龙首

本士兵，忽然对老警卫说："我们一起从后门走！"

老警卫听了，点点头，说："走！不能和他们硬碰硬，杨司令还在等我们！"

田鹤和几名警卫慢慢地向后门移动。其实田鹤也不知道后门在哪儿，只是凭直觉，戏班一般都有后门，而且这里是茶楼，茶楼临街，多半有个进货的后门。只要到了后门，田鹤等人就算安全了。

可是，当田鹤来到后门的时候，却发现后门已经有日本人在把守！田鹤的心都凉了，几番盘算，正要说话，忽然见老警卫又拔出一把枪来，冷声地说道："兄弟几个把田老板带出去，安全地带到杨司令身边，田老板的命比我的值钱，我出去会会那些狗日的！"

没等田鹤劝阻，老警卫已经冲了出去。田鹤正要喊，忽然听到外面几声枪响，然后听老警卫喊道："狗日的鬼子，老子在这里，你们来抓老子呀！哈哈！"老警卫说完，又是几声枪响。

顿时，戏班内喊叫声哭喊声枪声混杂一片，不少人开始向前门和后门拥挤，田鹤和几名警卫趁着这时候向后门涌去。后门的几个日本人一听到枪响，立即扛着枪冲了进来。田鹤和几名警卫连续开枪，把那几名日本人干掉之后，迅速地钻出了茶楼。

"老哥哥！永别了！如果你能活着，咱们上海再续！"田鹤在心里默默念了几声，跟着那几名警卫藏了枪，迅速地撤离茶楼。

茶楼内依然还有枪战，但是过一会儿，枪声停了。

田鹤知道枪声停了意味着什么，也知道可能会发生什么。

他现在不能悲伤，只能化悲痛为力量。日本人的凶残他早就见过，日本人的可恶也让他深恶痛绝。现在，他要去见杨司令，现在正是出绍兴城的最好时机！

很快，在警卫的带领下，田鹤见到了杨司令。杨司令和以前一样，一点儿没变。见到田鹤，杨司令扫了一眼田鹤身后的人，发现少了一个，顿时明白了什么，说："你们都没受伤吧？"

几名警卫立即立正，但是却没说话。杨司令点点头，对田鹤说："又见面了，田鹤。爆炸的事情我听说了，瞎子大义凛然，巍然不怕死，是我杨某敬佩的好汉！希望这一次我们能安全到达上海，为下一批人铺好路！"

田鹤的眼泪差点儿流了下来，但是他忍住了，"杨司令，这事，我不知道怎么说好！都怪我，是我无能！"

"呵呵！"杨司令微微一笑，"只要我们的心还在这片土地上，就不怕那些狗日的！怎么，你现在怕啦？"

古玩猎人 一具金龙首

第八章　　陈老太

"不怕！"这是田鹤对杨司令的正面回答。

铿锵有力,落地有声。简简单单的两个字,已经说出了田鹤的心声。全中国人都不应该怕日本人,尤其是古玩界的人。当年师父毅然地来到白河县,在明知是死的情况下还那么坦然,这更让田鹤笃定了心中的信念。

"现在全国都在抗日,尤其是北方。我们也应该做出点儿样子来让国人看看,我们并不是懦夫。田鹤,你受刺的消息我听到了,那个女人叫夜莺,是个日本特工,据说非常厉害,你以后要小心,此番你就跟着我走吧。"

田鹤淡淡地说道:"不,我还有事情要做,赵寅死了,瞎子也跟着死了,我现在要去找一个人,拿回原本属于我的东西。"

"是什么？"杨司令奇怪地问。

"陈老太身上的半块黑玉,对了,杨司令,陈老太身上怎么会有我的那半块黑玉？"

杨司令想了想,说:"10年前,七星来到白河县的时候,我还不

127

认识他们，通过那一次鉴定，我了解了他们的为人。但是当时我的情报官就察觉到了陈老四有些不妥，不过碍于面子和没有证据，我没有说出来。当年陈老太和日本人走得比较近，不知道是什么原因，我把这个消息单独和你师父云山子说了，云山子就拿出了那块黑玉。半块给了我，另外半块他自己留了下来。"

"那后来呢？"

"后来，你师父就独自回去了，也是过了没多久，我带兵打仗，路过你家的时候发现你奄奄一息，就把你救了回来，后来把你送给你师父，就把黑玉一起让你带了过去，但是我没想到黑玉会落到陈老太的身上。后来我仔细地想过，陈老太和日本人走得近，这是事实，后来发生的事情是因为夜莺的养父，一位名叫渡边的日本人和陈老太过于亲密，陈老太的行踪才让人觉得可疑，你师父才坚信陈老太是和日本人走得太近了。"

"但是我师父临死前，让我去找她的啊？"田鹤有些不太相信杨司令的话。

杨司令说："这个我就不知道了。"

"其实，石塘弄35号不是陈奶奶的住所，那是蛇老七的住处，这里面还有故事。"陈荣怡忽然出现在门前。田鹤一回头，只见陈荣怡进来便问："你们和日本人打了起来，那么大的事情你都不觉得紧张害怕？你受伤了没有？"

"我能受什么伤，你看我现在的样子像是受伤的吗？"田鹤故作轻松地说，但是却又想起来那几名弟兄，心中不甚感慨。

陈荣怡怒气冲冲地走过来，走到田鹤跟前的时候，怒气已经消了一半，见田鹤嬉皮笑脸的样子，火气已经消除殆尽。

"你还有精神笑！"陈荣怡没好气地说。

杨司令见陈荣怡回来了，不自觉地松了一口气，关心地看了她一眼，然后问："你刚才提到蛇老七，蛇老七怎么了？"

　　陈荣怡便把蛇老七的事情简单地说了一下，这关系到七星传奇的成名。

　　大约13年前，七星传奇互相还不算认识，有的只是知晓对方的名姓，并没有实际见过面，虽然大家都在上海，可是却互相嫉妒才能。让他们聚集到一起是由于上海一位神秘人拿出的一件古宝。

　　那是一件非常稀有可谓是独一无二的酒樽，高30多厘米，全身浇铸精美的人脸花纹，而在酒樽的里面，则用篆书刻着一个让人惊奇的故事。

　　故事的大致内容是：在春秋战国时期，一位梁国国君带兵打仗，在灭掉了一个叫陈国的小国家之后凯旋。当时这位梁国国君实际上是秦国的属国，在今天的陕西白河县一带，国家实力非常雄厚，已经可以和秦国对抗，但军事实力还不如秦国。

　　"卧榻之侧岂容他人鼾睡"，秦国国君虽然无法知道后代宋朝赵匡胤的这句名言，但是却懂得其中的道理，因此秦王命国内顶级刺客去杀掉这个梁国国君。但是这位顶级刺客就出生在梁国，因此他没有刺杀之心，便偷偷地把消息藏在一个酒樽之中，然后混合在梁国国君嫁女的礼金中传了出去。

　　梁国国君的女儿在检查礼金的时候，无意之中发现了酒樽之中的消息，震惊无比，立即派人把消息送到父亲手中。梁国国君知道了这个消息之后，便寻求这位刺客的帮助。

　　刺客当然很豪爽地答应了梁国国君，甘愿替梁国国君一死。刺客回到秦国，说已经杀掉了梁国国君，但是没有人头作证，秦王怀疑刺客有心搪塞，一怒之下宰了这位刺客。梁国国君感他救命之恩，同时逃到了白河县，隐藏了起来。同时他也打算为刺客浇铸一个青铜器作为纪念。但是当时的社会环境，只有大王才能命人浇铸青铜器，所以梁国国君命人用黄金浇铸了这位刺客的生肖。可是问题出现了，负责的工匠不知道这位刺客的生肖，只能报告给梁王。

梁国国君想了想，说既然不知道，那就全部浇铸吧，再给他建造一个衣冠冢，以寄哀思。因此，工匠便用黄金浇铸了十二生肖头像。在准备下葬的时候，梁王再三寻思，想着还有些话要对这位刺客说，便命人打造一块黑玉，把黑玉掏空，在里面说了一些话准备和衣冠冢一起掩埋。

这时候梁王的女儿也觉得应该好好地感谢一下这位侠义的刺客，便命人浇铸了一个鎏金的貔貅，同时也说了一些话刻在鎏金貔貅肚子里的两个貔貅上，再藏在貔貅的肚子里，随着十二生肖头像及黑玉一同下葬。

后来梁国国君死了之后，便把刺客的衣冠冢当成了自己的最后永眠之地。

而那个酒樽上面刻的，就是梁王和他女儿把东西下葬时候的事。故事中有地点，有人物，有情节，可谓是一个非常详细的文字记录。

酒樽的出现，让当时上海的古玩界极受震动。尤其是七星传奇等人，更是趋之若鹜，纷纷前来。七星传奇也是在这个时候全部聚齐，但彼此还是不愿意互相认识。可是其他的 6 个人都被年轻时候的陈老太的美色所折服，甚至在当时，熊老三当场就向陈老太示爱，可惜被拒绝。真正让他们互相认识并且肝胆相照的是因为有人对这个酒樽上面说的故事产生了怀疑。因为有人认为，当时秦国还处在发展时期，以梁国的实力完全可以灭掉秦国，可为什么迟迟不动手，还等着秦王反过来灭他？这就是那酒樽是假的佐证。

可七星传奇的7个人不约而同地认为酒樽是真的，因为春秋战国时期诸侯混战，周天子已经不能左右诸侯王，因此有梁这一个国家并且实力雄厚很有可能。当时的齐国就有能力灭掉秦国，可齐国也迟迟未动手啊！

七星传奇在这个时候达成了共识，同时也组成了一道防线，果断认为那酒樽就是真的。后来便开始鉴定，因为酒樽上面藏有秘密，并且那就是一个地图，只要通过酒樽文字上面的叙述，就能找到埋葬诸侯王和刺客衣冠冢的地方。这就意味是一笔巨大的财富，让人无法想象的财富。

几乎大部分人都认为那是假的，但是七星传奇的7个人认定那是真的，尤其是蛇老七，更是一口咬定。这个酒樽是人间极品，本身的价值就已经无法估计，更何况上面的信息。蛇老七的认定获得了他们这方6个人的认同。但是在少数人意见下，这个酒樽的真假还无法获得正式定论。

最后，这位神秘人拿出了一样让所有人都折服的物件，那就是用玻璃夹起来的两片帛书。帛书的出现震撼了所有人，包括七星传奇。那位神秘人当时就说："这就是从黑玉里面和貔貅里面拿出来的帛书，一封是战国时期梁王对已死刺客说的话，另一封是梁王的女儿对刺客说的话。"

蛇老七当下就认真地看了一遍，梁王说的话大致意思是感谢刺客的侠义，将来一定好好地奉养刺客的后代。可惜这位刺客的后代人丁不旺，几代单传。当然了，这是野史，不足以信。梁王女儿说的话就有意思了：本来梁王的女儿出嫁就是政治联姻，既然诸侯王权力都无法保证了，那还嫁女儿做什么，干脆让女儿回国避难吧。梁王的女儿回来之后，得知刺客已死，甚是感动，毅然决定和刺客冥婚，把自己嫁给了死去的刺客，为这位刺客守了一辈子的空房。

帛书的内容是次要的，重要的是帛书本身的价值。帛书经过蛇老七鉴定，千真万确，无论是帛书材质的年代，还是上面的墨迹字体，都证明帛书是真的，那么这也直接证明了酒樽的故事是真的，同时也证明了酒樽也是真的。

那么，那十二生肖就必然存在，所谓的宝藏也是存在的。

当时那位神秘人在得到了蛇老七的认可之后，便单独请七星传奇再鉴定一次，结果没有什么特别，自然是真的。这位神秘人十分高兴，说了句："你们7个人，真是我的北斗七星，牢不可破啊！"于是乎，七星这个小分队算是正式成立了。

因此，七星传奇也在上海声名鹊起，渐渐传了开来。

可是七星传奇不知道，这位神秘人，正是夜莺的养父，对中国比对自己祖国还要了解的日本人！这个日本人在很久以前就从一个农民家中得到了这个酒樽，为了无声无息地拿到这个酒樽，这个日本人杀掉了那位农民的全家6口人。这个日本人就是渡边。

渡边杀掉了这户人家之后回住处，在路边看到了一个流浪的几乎要饿死的女孩。渡边觉得杀了人但得做些好事，不然心中难安，于是便把这个小女孩收留了下来。这个小女孩就是后来的夜莺。

故事还没有结束，陈荣怡继续述说。

渡边回到了住处，但是七星传奇中的一个人却对酒樽中的故事产生了极大的兴趣。这个人就是还年轻的陈老太。陈老太偷偷地找到了渡边，以肉体满足渡边之后，渡边答应陈老太只要找到了地方，里面的古玩让陈老太随便挑，但是渡边只要那12个黄金做的生肖。

陈老太觉得这件事情她一个人做不来，毕竟是和日本人打交道，虽然那时候日本人还没有暴露出野性，可陈老太已经察觉渡边是位喂不饱的禽兽。于是，陈老太找到了蛇老七，同样以美色诱惑，终于，蛇老七答应了陈老太，同时也出卖了其他 5 个人。

后来便发生了白河县鉴定一事，幸好杨司令横插一手，否则 12 个黄金生肖已经落入日本人之手。可那一次陈老太也没有得逞，没拿到任何东西，反倒还把蛇老七带下水。

后来的蛇老七觉得有愧，就搬出了自己的住所，在鬼市弄了个铺子，整天蹲在墙角靠卖些古玩为生。陈老太几次找上门，蛇老七都避而不见，最后陈老太没有办法，干脆霸占了蛇老七的房子，同时通知熊老三，开始着手计划抢日本人手里的十二生肖。

计划就这样开始了，他们不但没有抢到十二生肖，反倒害死了朋友。云山子自始自终都知道这件事情，之所以知道，是因为蛇老七在中间跟云山子说过，云山子没有做任何反应，还是去了。

陈荣怡说，蛇老七到死的时候，也没想明白云山子当时为什么不表态。故事到这里就结束了，杨司令和田鹤都陷入沉思。

是啊，既然云山子知道蛇老七、陈老四还有熊老三都要出卖自己，为什么还要去白河县帮日本人鉴定呢？

田鹤思来想去，说："可能是为了一种精神，就好像罗玉辉说的那种主义一样，这是让人捉摸不透，但却让人思路非常清晰的一种精神，无法抗拒，即便是死也要完成它。"

"那云二叔到底要完成什么呢？"陈荣怡问。

田鹤说："以我这 10 年来对师父的了解，师父可能是为了完成人生最后一次鉴定，那就是对一个故事的认定，对一个刺客的尊敬，他要证明，刺客侠义的故事就是真的！"

陈荣怡和杨司令都若有所思地点了点头。

一种主义，一种高尚的主义的确值得人们为它去死，去牺牲自己的性命来保护它，尊敬它，甚至会有更多人去这样做。

杨司令说："那你去找陈老太，就是为了拿到黑玉？现在故事都听过了，也知道了黑玉的价值，难道你就为了那块已经没有什么价值的黑玉冒险？"

"不。"田鹤淡淡地说："我还有更重要的事情要去做。我一定要让十二生肖到达上海，藏在一个安全的地方，直到信仰共产主义的人拿到！"

"你的意思是说，你要把十二生肖送到陌生人手中？"杨司令有些不悦地说："既然这样，放在我手中岂不是更好，更安全？"

"对不起，杨司令。"田鹤说："有些事情我不知道该怎么表达，但是我相信，那种共产主义是绝对正确的，我相信他们能够更好地保护十二生肖。"

杨司令说："既然这样，那我把东西送到，倒是要看看，是什么人让你如此疯狂。"

陈荣怡说："杨司令，你还是听田鹤的吧，我觉得他没有错，他这样说一定有他的考虑。"

杨司令哼哼两声，说："怎么，在一起没多久，就帮着他欺负爸爸啦？"

"爸爸？？"田鹤猛然惊问："您是陈荣怡的父亲？"

杨司令呵呵一笑，说："怎么？看着不像？"

田鹤完全没转过弯来，惊讶地看着陈荣怡，又看着杨司令，问："你们两个人真的是父女？"

陈荣怡微微一笑，说："对啊，我就是他的女儿，我娘死得早，我就跟着爸爸，整天烦他，后来他让我出去历练一下，现在是乱世，如果没有足够保护自己的能力，也没有办法帮助他。后来我就去找了云二叔，可是云二叔却让我去找蛇七叔，但是我到之后，才发现蛇七叔已经自暴自弃，因此我就在陈奶奶的身边留了下来，也学到一些东西。陈奶奶知道我是杨司令的女儿，也把我留了下来，一方面是为了得到十二生肖，另一方面也是让她自己有个底牌。"

"你这样做不危险吗？"田鹤惊问。

陈荣怡笑道："危险吗？我觉得很安全啊！再说了，如果不是我这几年在陈老太身边，我还不知道这些事情，这些事情有一半都是蛇七叔对我说的，还有的是云二叔对我讲的。还有，云二叔临死前让你找的人，不是陈老太，而是蛇七叔，因为在七星传奇里面，最稳重最有思想的人，也就是蛇七叔了。"

事后回到住处，田鹤不禁问："杨司令真的是你的父亲？"

陈荣怡说："当然是！这又不是赝品！"

"那你们的姓氏怎么不一样？"

"临时改的好不好！"

赵寅的死虽然没有让日本人觉得心痛，但是赵寅之死带来的影响却让日本人开始寻思是不是应该改变策略。首先，文玩之套路并没有引出中国人对龙首的好奇心，那些隐藏在暗处的高手也没有如期出现。虽然七星传奇垮掉了，可并不代表能够为侵华正名的泰斗级别古玩高手出现。

藤野小次郎开始研究新的战术。

既然有人暗中帮助他的敌人，那么他就要先对付暗中帮助田鹤的人。这个人除了杨司令，也没有人能够让他觉得值得。

夜莺的实力藤野是知道的，可是她还是失手了。藤野打算让夜莺退后，把空间腾出来让自己方便施展。

可他的这个想法被坂田无情地拒绝："藤野，我建议你拿出你的古玩来，吸引他们，而不是靠武力手段。要知道，中国人的血性，是武力解决不了的。"

"那你说应该怎么办？"藤野的日语是纯正的东京腔，听起来像是正在工作中的打字机。"我们总不能就这样被动，我们应该用日本皇军特有的手段来解决这些人，不然我们的行动将让大日本帝国皇军兵员不足的状况更加明显！"

"你说得有道理。我并没有反对你说的话，我只是以一名武士身份建议你，通常情况下武力可以解决问题，但是现在武力不可以。我带来了一样东西，你可以利用一下，如果你不介意的话，我可以全权负责，藤野，这可是你立功的好机会，虽然你已经升为大佐了。"

"什么东西？"藤野的眼睛里放出光芒来。

"你来看。"坂田从箱子里拿出了个金光闪闪的东西，然后说："看到了没有，这就是我要让你看的东西。我好不容易才从杨司令的手中借过来。"

"呵呵，恐怕不是借，是偷的吧？"藤野嘲笑道。

"不不不，"坂田摇摇头，"请你在选择形容词的时候一定要慎重，这不是偷，而是借。不过这是一个赝品，是杨司令制造出来的假货，我想我们可以对外宣称我们找到了龙首，天命所归，大日本统治中国是天道，不可违背。"

"坂田君，你果然是个阴谋家！"藤野放声大笑。

上海社会各界都收到了一封发自署名为"坂田"的信，是让有能力之人前去鉴赏一件名为"龙威"的日本国宝。

之后的几天内，全上海的人都知道了这封明显是日本人手里的人发出的信，实际上就是在炫耀日本人的能力。

远在安徽境内的杨司令和田鹤几人，在得到了这个消息后，深深地在为一个人担忧。

大家都不知道这个人到底有没有彻底地完成任务，把东西交到了罗玉辉的手中。日本人散播出鉴赏龙首的消息，显然是对田鹤心理的巨大考验。杨司令、田鹤还有那位高副官兵分三路，在不同的时间出发，但是现在田鹤这一路已经出了问题，还有杨司令这边也已经暴露，接下来就要看高副官的了。

除了他们几个人，其他人都不知道高副官其实才是真正带着龙首的人。但是日本人现在的举动，无疑是在证明高副官那一路已经失败，也预示着龙首已经落到了日本人手中。田鹤、杨司令以及陈荣怡，都在考虑是否换路线，直接坐火车到上海。

事实上，田鹤已经有了打算。

"杨司令，你继续隐藏起来行动，我带着陈荣怡直接去上海，打探一下情况，您觉得怎么样？"

"中国能有你这样的男儿，任何豺狼虎豹都不足畏惧，我女儿能选中你，也是她的福气，去吧！"

"爸，您胡说什么呢？谁看上这小子了！"陈荣怡虽然平时大大咧咧，自称是田鹤的八姨太，可这时候却害羞了起来。

"好啦，你心里想什么，为父还不知道吗？去吧，你们万事要小心，还有你不要轻易地相信罗玉辉那个人，毕竟你对他不是很了解。"

田鹤点点头，第二天带着陈荣怡出发了。

火车在路上奔波了7天，当他们到了上海火车站的时候，才发现整个上海都弥漫着龙首的味道。日本人的动作很快，马上就把整个上海的气氛烘托了出来。要想保住龙脉，就得认龙首，日本人吃准了这一点，大肆宣扬所谓的龙首即是龙脉的消息。

刚出火车站，田鹤忽然看到在火车站门口，似乎站着一个熟悉的人，还没仔细看，那个人便钻进了一辆黑色轿车里。

田鹤把那个人的形象在脑子里面仔细地过了一遍，最后猛然想起来那个人就是陈老太！

田鹤忙对陈荣怡说："我看见陈老太了！"说着，便拉着陈荣怡爬上了一辆黄包车。

"师父，追前面的那辆黑色轿车！"田鹤大声地对师父说。

拉车师父是一位 50 多岁的老汉，转过头来无奈地对田鹤说道："老板，那你太看得起我了，你让我两条腿追汽车啊？"

田鹤这才想起来自己犯了个低级错误，又拉着陈荣怡准备下车，可这时候那老汉又说道："虽然我追不上，不过我知道那车是去哪儿的。"

"你知道？"田鹤忍不住问。

"当然，那是日本人的车，我在这里那么多年，这种车我还是没见过几次，肯定是日本人的，没错，你们如果要追车，还不如我把你们直接拉到日本人的地盘。对了，你们不会也是去鉴赏什么龙首的吧？"

田鹤微微一笑，没有回答，倒是陈荣怡，说道："师傅，你也知道龙首啊？"

"当然知道！全上海的人都知道啊，就你还不知道。其实吧，这龙首是真是假还用鉴定吗？肯定是假的，日本人说的话能信吗？这龙首就是一个象征，真正有意义的，还是多弄些军队才对，这仗打了那么久，我看就上海没事，不过日本人早晚得打进来，现在只是暴风雨前的宁静。"

"没想到师傅你知道得挺多的。"田鹤不紧不慢地说了一句，但是心里却在翻腾，看来这件事情真的弄得挺大，看来必须要弄明白龙首的真假了。

当初杨司令制造了一批假的龙首，虽然也是黄金，但却是镀金。可鉴赏的人不可能把龙首切开鉴定，必须要通过外在的线索来辨别，这就难了，同时铸造出来的真龙首现在在高副官身上，如果高副官被抓了，或者已经死了，那么这个龙首的真假就无从辨认。

到了地方，田鹤给了钱，下了车，正要走进去，忽然，田鹤的袖子被人拉了拉。

田鹤一看，是个小孩。田鹤以为是乞讨的，正要给钱，却听小孩说道："大哥哥，有人让我给你这张纸，说你还会给我一块大洋。"

田鹤接过纸一看，上面写着一行字：石塘弄 35 号，不见不散。

又是石塘弄！田鹤在心里想，扔了纸条，田鹤拿出一块大洋打发了小孩，陈荣怡问田鹤："怎么了？"

"有人让我们去石塘弄，但对方没说是什么人。"田鹤说。

"那去还是不去？"陈荣怡说："如果是陈老太，我们必须得去。"

"不管是谁，我们都得去，但不能都去，你找个地方等我，我去就行。"

陈荣怡说："那你一个人去我也不放心啊！"

"怎么啦，你还担心你的男人会死啊，八姨太。"田鹤开玩笑说。

"去你的，谁是你的八姨太了，现在我是你的大太太，以后你也没有别的姨人太了！"陈荣怡说着，"那我在茶馆等你，悦来茶馆。"

田鹤孤身一人去了石塘弄 35 号，到了之后，直接钻到了楼里面。这一次不是去上次租的那个房间，而是在对面。他知道石塘弄 35 号是蛇老七的家，既然知道了，那就没必要再躲躲藏藏。进去了之后，发现这里面似乎有人打扫过，没有任何灰尘。甚至在桌子上的茶壶里，水还是热的。

田鹤坐了下来，等着那个人出现。

等了一会儿，忽然一个声音在门前说："你等很久了？"

声音是女人，当田鹤看到这个人的时候，便招呼："陈老太，果然是你！"

"也不是很久。"田鹤淡淡地说。

"其实我找你来，不为别的事情，只是为了龙首。我相信你现在也很想见到高副官，但是你见不到了。"陈老太阴森森地说。

田鹤忽然站了起来，随即又坐下，看着陈老太坐在自己的身边，不冷不热地说："看来我说的没有错，真龙首果然是在高副官身上。田鹤，你是老二的人，我不想害你，你收手吧，这池子水很深，不是你想来就来想走就走的。你还是老老实实地干你的老本行，别再搅和进来。"

"我现在就很想知道你是怎么想的。"田鹤说。

"我怎么想的？"陈老太微微一笑，"我没怎么想，我只是不想看见我的晚辈被人害死。你知道，日本人不是很仁慈，有时候你的想法和日本人的想法完全无法达成一致。"

"我想知道，你到底是在为日本人做事，还是为中国人做事，当年的事，是不是你做的？"

"当年？当年的事情就是我做的，但是你能把我怎么样？我现在既不是为日本人做事，也不为中国人做事，我为我自己做事，我在做我自己。但这些你都不应该问。"

"那你来找我做什么？"

"我找你来，就是想让你退出这件事情，好好地过你的生活。我不想杀你，但是你别逼我杀你。"陈老太的语气非常坚决。

"你杀不了我。我有枪。"田鹤摸了摸腰间，但是忽然发现，腰间的枪已经不见了。

"那个孩子我培养了很多年，他甚至能把你的袜子偷走而你却毫无发觉。"说到那个孩子，陈老太似乎非常得意。

"既然这样，那我就不和你多说了，这件事情我会继续追下去的，害我师父的人已经死了，我想当年那件事情的主使者也不会有好下场。陈四娘，你好自为之。"田鹤起身要走，陈老太忽然叫住他："等一下！"

"敢问你还有什么事吗？"田鹤冷声地问。

陈老太呵呵一笑，说："你真打算去参加鉴赏大会？"

"对！"田鹤说得很坚决。

第九章　鉴赏大会

田鹤径直离开石塘弄 35 号，直奔悦来茶馆，找到了陈荣怡，说了下刚才的状况。

"这陈老太为什么想让你退出这件事情？她在怕什么？"

"可能不想让我破坏了他们的计划，陈老太究竟在图谋什么？"田鹤一脸困惑。

"如果我没猜错，这次的鉴赏大会就是日本人侵略的前奏，如果在龙首到达南京之前日本人提前行动，那对我们将是大不利。"陈荣怡头头是道地分析着。

"嗯，有可能，不过有一点你说错了，如果此次鉴赏大会上的龙首是真的，那么龙首就永远无法到达南京，所以这次我们必须去，即使是真的龙首，我们也不能放任不管。"

田鹤坚决地说。

"时间不早了，咱们走吧。"二人说完就起身离开，看到观音手正在门口站着，就朝他走了过去。

"你怎么在这儿？"田鹤有些疑惑，每次有大事发生的时候他都会出现。

"日本人要鉴赏龙首这么大的事我怎么能不参加？上车吧！"观音手转身打开车门上了车，田鹤二人也跟着上去了。

"这次龙首鉴赏你怎么看？"田鹤问。

"这次看来是预谋已久的，可能会有惊天的大事发生。"观音手平静地说。

随后一路上三人都沉默不语各自思索着什么。

鉴赏大会定在百乐门进行，门口人山人海的，慕名而来的古玩鉴定大师对着门前的记者侃侃而谈，田鹤二人下车后跟着观音手直接进入百乐门。

百乐门舞台的桌子上的龙首被一块灰布盖住，四周围着 10 个日本士兵，田鹤看着眼前的情形皱了皱眉头，低声跟身边的陈荣怡说："这情况不容乐观，你先四处走走看看有几处出口，情况一有不对咱俩就跑。"陈荣怡点点头不动声色地四处游荡。

渐渐大厅聚集了一群古玩鉴定师，相互认识的都在侃侃而谈，只身前来又没有相识的就直直地盯着台上的灰布。田鹤突然在大厅里看到了熊三爷和陈老太走在一起商议着什么，熊三爷和陈老太抬头看见田鹤冷笑了一下，转身走入人群中和鉴定大师闲聊起来。

"各位静一静，现在有请藤野大佐上台为大家展示日本国宝'龙威'。"一个汉奸模样的人喊道。

"各位远道而来的朋友，欢迎大家！今天我将向大家展示我们大日本帝国的国宝'龙威'。"藤野一把扯下灰布，龙首展露在众人面前，引得在场所有人的一声惊呼。"请各位走近鉴赏。"

众人推举了几位较资深的古玩鉴定大师上台，陈老太和熊三爷也在此列。围着龙首转了几圈。有一个老头突然出声，"这龙首实在真假难辨，恕老夫眼拙看不出，还请熊三爷掌眼瞧瞧。"

藤野对熊三爷使了个眼色，熊三爷大步向前仔细端详，从口袋中拿出个小玻璃瓶，用一根玻璃棒沾了点硝酸抹在龙首上，龙首未被腐蚀。熊三爷点点头，"这是真品，色泽呈赤金色，证明此龙首纯度极高，刚刚用硝酸未能腐蚀也证明这是纯金未掺杂质，部分带有些许铜锈，由此可见此物年代久远，敢问藤野先生此物出于何处？"

藤野满意地点了点头，"实不相瞒，此物正是出土于战国时期的中国，有幸被我大日本帝国得到，难道这就是天意！龙首象征着龙脉，中国的龙脉已经握在我大日本帝国手中，这注定让我大日本帝国统领中国。"

此话一出，台下众人群情激奋，有一个老人叫喊道："你瞎扯，中国永远不可能让你们这些小日本统治，想统领中国，你们做梦！"

藤野对身边的士兵使了个眼色，只见士兵举起枪对着那个老人就是两枪，老人应声而倒，整个大厅瞬间安静。看到日本人残暴的一面，本来还有想开口反抗的人也默默地闭上了嘴，虽然心里不甘但还是自己的命更重要。

田鹤突然走上了舞台，看了几眼龙首，"这是赝品！"

"田鹤，你可不要信口开河，我刚刚鉴定过了，这确实是真品，金纯度高，出土年代久远。"熊老三辩解道，凑近田鹤耳边警告说："不要多说话，除非嫌命长！"

田鹤不理会熊老三的警告，对着台下众人说："卖国贼，你闭嘴！刚才熊老三说的基本都没有错，只是有一点就完全可以证实这并非真品而是仿制的。他刚刚说上面带有些许铜锈，这点就是最大的问题，据我所知当时齐国将此龙首下葬之时是随着另外 11 个生肖头一并下葬，并无铜器，这铜锈就是日本人故意做旧的证明，意图以此侵略我国，

145

真是无耻之极。"田鹤振振有词地说道。其实他心里也没底，没近距离仔细辨别也不知真假，他只知道现在就算是这龙首是真的也必须把他说成是假的。

"熊老三，凭你的鉴赏水准不可能看不出这点问题，现在却当着同胞的面偏袒日本人，弄虚作假，你说你是不是个通奸卖国的卖国贼。"

"各位不要听他胡说，这只是个默默无名的小辈，竟敢信口开河质疑我的鉴赏水平，公道自在人心，在场的各位与我熊老三相识的也不占少数，我为人如何各位心知肚明。"熊老三憋得满脸通红进行强辩。

"我师承云山子，各位认为我会是信口开河之辈？云山子师傅在上海鉴赏界的名声相比熊三爷孰优孰劣，就留给各位自己辨别吧！"田鹤无所畏惧地说。

藤野对着身边的士兵使了个眼色，士兵举枪瞄准田鹤，也被田鹤看在眼里。

"哈哈哈，小日本们，心虚了吧！保家护国，我死而无憾。"

"有种，给我开枪打死他！"藤野愤怒地大吼。

"啪"，日本士兵应声而倒，台下几个鉴赏师突然向日本士兵开枪，田鹤一眼就认出了他们，正是那天教堂中那些信奉共产主义的战士。田鹤抬起龙首就往陈荣怡所在的后门跑，藤野在他们背后大喊："八嘎牙路，抓住他，别让他跑了！"

田鹤发现观音手又不见了，心想他跑得还真快，回回只要有事情发生他就准消失。身后两个日本兵穷追不舍将田鹤二人逼到绝路上，陈荣怡看这两个日本兵渐渐逼近已经绝望，"看来要命丧于此了。田鹤，当你的八姨太我从不后悔。"

"呵呵，说什么傻话，我们不可能死在这里。"田鹤看着日本兵身后的人，微微一笑。

"啪，啪"，两个日本兵就这么被自己人打死了，观音手站在血泊之中，冷冷地看了两具尸体一眼，"你们快跑！"扔给田鹤一个箱子，随后转身上车。

田鹤、陈荣怡带着装有龙首的箱子直奔火车站，准备直接去南京与罗玉辉汇合。

经过半天的颠簸，田鹤终于到达南京，他找到一个古玩市场，把上海的情况写了下来塞进了鼻烟壶，随便找了个摊位把鼻烟壶低价卖掉。

"你觉得罗玉辉值得信任吗？第一次跟你见面就跟你要龙首，真是有些可疑，我对他总有一些不信任。"

"我相信他，你是没有和他当面交谈过，他传播的那种共产主义理念，在我看来是最完美的理念，等这次你跟我见到他你就明白了。"田鹤郑重地说。

"希望如此，我们先找个店住下吧！既然鼻烟壶已经卖了，那他们应该是会来找你的。"

"嗯，找个偏僻点儿的店，我要好好看下这个龙首，刚才太匆忙没有检查清楚真假。"

夜深，两人走入一条小巷找了家小店住了下来，这家店位置很偏僻，房间也是选的二楼。田鹤拿出箱子小心将龙首取出，对着它仔细端详起来。

"哎！"一声轻叹，这龙首果然是赝品，看来高副官还没被抓住，莫非他已经与罗玉辉汇合了？

"怎么了，是假的吗？"陈荣怡从背后缠住田鹤。

"嗯，的确是假的，只是表面镀金的龙首。"

"那么说，高副官还活着，这可真是太好了。"

"以目前的情况看来，高副官应该还没有遇难，这是不幸中的万幸，只是不知他与罗玉辉汇合没有。"

"不要想了，罗玉辉不来找你，想也是白想。累了一天了，睡觉吧！"

田鹤躺在床上搂着陈荣怡，想着今天的事情，越想越奇怪，这龙首日本人是从哪儿得来的，这与我当时护送的龙首极其相似，莫非是当时瞎子引爆炸药后日本人回来搜索所得？又或者我这边有内奸！久思无果田鹤也累了，就沉沉睡过去了。

"八嘎牙路，这个田鹤次次坏我好事，查一下他的行踪，将此人给我绑回来，如果他反抗就将他杀了。尽量捉活的！"

"是，藤野大佐！"士兵匆匆跑了出去。

"还有你，坂田君，你最好给我个合理的解释，你为什么要杀自己人救田鹤。"藤野怒气冲冲地看向坂田。

"呵呵，藤野大佐，你有点儿小题大做了。田鹤杀不得，他手中有我需要的黑玉，你知道黑玉的重要性。最近我得知这貔貅的另一半也在他手中。"坂田扫了藤野一眼。

"我还听说，藤野大佐早就知道了，对于这件事我想听下你的解释。"坂田冷下脸来看着藤野。

"我认为这件事我可以处理，我只要能抓到田鹤我就能得到黑玉和貔貅，这事就不劳你费心了。"藤野毫不退让。

"你这蠢货，你觉得他是能屈打成招的人么？这小子机灵着呢，肯定没有把黑玉和貔貅带在身上，只有得到他的信任才能趁他疏忽的时候夺取两件古董。"坂田冷笑地看着他。

"你这无耻的阴谋家，只希望你这回能成功，我相信上面也对此很不满！"

"不用你提醒，我已经打听到了田鹤的下落。我马上启程去南京，把你的手下叫回来，别打扰我的计划。"坂田不屑地说。

"该死！我不爽你已经很久了，这次如果再办不成，我就跟上面请示将你调回日本。"藤野气急地对着坂田怒吼。

"呵呵，有能力你就去做，看看上面会不会同意。你以为你能搬动我？不自量力！做好你自己的本分就行了。"坂田嘲弄地看了眼藤野，转身走了出去。

第二天早上，田鹤早早地就去了古玩市场，找到鼻烟壶买了回来，里面的字条写着：中午 12 点，到东部教堂来见。

"我们走吧！"田鹤跟陈荣怡带着假龙首去了东部教堂。

"田鹤同志，你来啦。"罗玉辉热情地走过来跟田鹤握了握手。

"同志？很好的称呼。罗玉辉同志，咱们也就免了寒暄，直奔主题吧！"田鹤打开箱子,将龙首取出。罗玉辉见到龙首欣慰地笑了起来，"田鹤同志，你果然没让组织失望，有了这龙首我们的共产主义在中国就能发扬光大，驱逐日本人夺回我们的领土。"罗玉辉有些激动地看着田鹤。

田鹤则有些尴尬地看向罗玉辉，"这是赝品。"罗玉辉也有些傻眼，等待着田鹤的下文。

"真正的龙首在高副官那里，按当初的计划，高副官应该会在这几天到达南京。"田鹤冷静地解释了他们兵分三路运龙首的计划，听得罗玉辉是连连点头。

"田鹤同志心思还真是缜密，敌人把主要的精力都放在你和杨司令二人身上，这样就算你和杨司令失败，高副官也是可以成功将龙首运到南京的，这真是个好消息。"罗玉辉有些激动地说。

"不过罗先生，你们在拿到龙首之后想要怎么做？"陈荣怡在旁边狐疑地盯着罗玉辉。

"这位是？"

"她是我的女朋友，陈荣怡，也是杨司令的女儿，因为一些小原因所以她姓陈！"田鹤介绍到。

"杨司令为国家做了这么多贡献，请让我们向你们道声感谢！"教堂中众人皆挺直了身躯，对着陈荣怡行了个军礼。陈荣怡有些不好意思地拉了拉田鹤。"他们好奇怪啊！不过感觉人不坏。"田鹤微笑着没有说话。

"陈小姐刚才问得到龙首之后的计划，我们初步打算先将龙首运至西安，在西安宣传我们的共产主义大业，以此为契机将国人团结起来，一起将日本人赶出中国。"罗玉辉慷慨激昂地说道。

"现在我们只能期待高副官那里不要出什么意外。"田鹤说道。

"嗯，不过高副官按理说应该已经到达了南京，莫非是找不到这里？我们出去找找，给他留个口信。"陈荣怡有些担心起高副官。

"放心吧，我在到达南京的时候已经写信与杨司令联系了，他也会尽快赶来。他在绍兴应该会与高副官联系，等杨司令到了南京，就万事俱备了。"

"只祈祷不要发生什么意外就好。"陈荣怡嘀咕道。

南京一个老旧的酒馆的包间内。

"观音手，好久不见啊。"一个浑厚的声音在观音手身后响起。

"原来是老高啊，真是好久不见啊。"高副官只身一人手里提了个大箱子坐在了观音手的对面。

"让我来猜猜，你今天来是要给我一点儿惊喜？"观音手笑着说。

"没错，我知道你离开了杨司令之后一直混迹于古玩界，最近跟田鹤那小子走得很近啊！那么，这个东西不知道你认不认识？"高副官打开箱子，将龙首露了出来，观音手目露精光地盯着龙首。

"这个东西莫非就是十二生肖中的龙首？"

"没错，这正是龙首，而且是真品。"见观音手看完，高副官把箱子盖上。

"老高，凭咱俩的交情，你就把这龙首匀给我吧！我给你个天价！"观音手用手指沾水在桌子上写了个"100"。

"我就是个当兵的大老粗，你跟我写这个我也看不懂，你就说能给多少吧！"高副官一脸贪婪地看着观音手。

"这个数，金条！"指了指桌子上的数字，观音手在等待高副官的答案。

"再加50根，这箱子就是你的了。"高副官别看一副大老粗的样貌，讨价还价倒还是有一套的。

"你真是很贪心，小心吃不下这么多！"

"那就不劳您费心了，就一句话，行，就是你的，不行，我转身便走！"高副官有些不耐烦，他最讨厌跟这些古玩商人玩心眼。

"行，不过高副官你得告诉我另外11个生肖的位置。"观音手漫不经心地摆弄着茶杯。

"在白河县，好了，告诉我时间、地点，到时我与你交易。"

"今晚子时，还是此地！"

"不见不散。"高副官拿起龙首走出了包间。

"还真是得来全不费工夫啊。"观音手说完便脸色阴沉地开始谋划起来。

杨司令在接到田鹤密信后，就跟部下一起谋划该怎么躲过日本人的耳目逃出绍兴城。所幸藤野小次郎不在绍兴城内，这使得日本兵也有了一丝懈怠，杨司令一众看准时机易装逃离了绍兴城直奔南京。经过一天的奔波，杨司令终于抵达南京。在古玩市场，按照田鹤的指示，买了一个清初年代时包了浆的鼻烟壶，走到没人的地方打开鼻烟壶倒出纸条，读过上面的内容后，就去跟田鹤他们汇合了。

"这罗玉辉究竟是个什么样的人，能让田鹤这个小滑头这么死心塌地地相信，今天终于可以见面了。"杨司令在自言自语中前往教堂。

"有位杨司令在门外求见！"

"快有请！"教堂内，田鹤三人一听到杨司令来了，都站起身来，罗玉辉兴冲冲地去门口迎接杨司令。

"杨司令，这位就是先前我跟你提到的罗玉辉。"田鹤在一旁介绍。

杨司令和田鹤他们汇合后，听田鹤他们说了这几天发生的事。杨司令觉得很不可思议，为什么日本人会得到一个假龙首，最后他们断言，一定是爆炸时瞎子将龙首扔出爆炸圈，事后被日本人捡去。

"杨司令，高副官呢？按理说他应该已经到了南京了。"田鹤疑惑地说。

"我也不太清楚，在绍兴给他留了口信，他应该收到了，但却没有回信，有些让我意外，莫非高副官出了什么意外？"杨司令一脸的担忧。

"爸爸，放心吧，高副官跟在您身边这么多年，身手远非常人能比，他应该是因为有事情耽搁了，可能过会儿就到了。爸爸别担心了，跟这位罗先生交流下吧，我觉得这位罗先生信奉的主义，真的是非常独特的。"陈荣怡在一旁安慰着杨司令。

随后，杨司令和罗玉辉热络地聊了起来，田鹤和陈荣怡反而被冷落在一旁。

"这高副官是个什么样的人，在一起共事这么久，我对他还真是不太了解，我的心里有些打鼓，有种不祥的预感。"

"高副官跟随父亲20多年，走南闯北地立下了不少汗马功劳，忠心不二，最近家里喜添新丁，看得出他比以往更卖力了，可能是因为多了一口人的原因吧。"

"喜添新丁？是什么时候的事？高副官家境如何？"田鹤一连3个疑问令陈荣怡有些不开心，这高副官从小就对陈荣怡特别的好，甚至可以说对她的关怀比杨司令都多，没想到田鹤居然怀疑起他。

"大约一个月前，他的妻子给他生了个大胖小子。至于家境吗，不算太好。父亲把所有的资金都用在了抗日上面，手下就稍微有些困难，但是凭父亲和高副官两人的关系，他肯定是不会在乎这些的，没想到你居然怀疑他。"

"现在的情况不允许掺杂个人的情感，我们要理智地分析。龙首事关中国的兴亡，不得不谨慎。"田鹤严肃地看向陈荣怡，陈荣怡有些羞愧地低下了头。

"现在只能祈祷高副官没出问题就好。"田鹤沉吟道。

子时包厢内，观音手喝着茶耐心地等待着高副官的到来。

"高副官来了！"手下进来通报，观音手挥了挥手示意他出去。

"老高，来喝口茶吧！"观音手见高副官进包厢，将茶推到了他的面前。

"不必了，金条呢？"高副官看着有些焦急。

"别急！"观音手拍了两下手，手下拎着两个黑皮箱子放到了桌子上。"一箱75根，两箱一共150根。你点一下？"

"免了，谅你也不敢骗我。这是龙首，归你了。"高副官起身就要走。

"等一下,待我好好看下这个龙首,你再走也不迟。"观音手站起身,拿出龙首,借着屋子内微弱的光,仔细地鉴定起来。

"果然是真品,老高你可真是帮了我一个大忙啊。哈哈哈!有机会一定要好好谢谢你。"

"我可以走了么?"高副官冷声问道。

"请便,不过在你走之前我想问你一句,你不觉得有些对不起你跟随了 20 多年的杨司令吗?"

"人为财死,鸟为食亡!"高副官说完急匆匆地离开了。

包厢内,观音手,不,坂田玩弄着龙首,一脸的阴笑。"好一个'人为财死',高副官你真是不知道你究竟犯下了多大的错误!哈哈哈哈!"

第二天早上,高副官终于来到了教堂,满身是血地躺在了教堂门口。"这究竟是怎么回事,老高你怎么伤得这么重。究竟是谁?竟敢动我手下的人!"看到身中数枪的高副官,杨司令震怒不已,太岁头上动土,真是活腻了。听闻高副官受伤了,田鹤、陈荣怡、罗玉辉也急忙赶了过来,看到躺在地上奄奄一息的高副官都是一惊。

"别都闲看着了,赶紧送到医护站,救活高同志才是最重要的。"罗玉辉发话,身后跑出两个人将高副官抬到了教堂中的一个屋子内。

门外 4 人焦急地等待着,看着医生走出来都围了上去。"他怎么样了?"杨司令焦急地问。

"伤者身上中了 4 枪,我们已经将他的伤口处理好了,已无大碍,你们现在可以进去看看他了。"

"谢谢你,医生!"说完 3 人就进了屋子,只剩田鹤一人在门外。

"医生,我想问一下,你刚才说伤口处理好了,他体内没有子弹吗?"

"是这样的,从他的伤口来看子弹全是从近距离贯穿而出,所以并未在体内留下子弹。"

"好的，谢谢你了。"田鹤一脸疑惑地走了进去。

"老高到底是谁伤的你？怎么回事，龙首呢？"杨司令焦急地问。

"爸爸，您先让他休息一下，别一下问这么多问题啊。"看着痛苦的高副官，陈荣怡有些于心不忍。

"对不起，龙首被我弄丢了！"高副官双眼含泪，虚弱地说。

"什么？丢了？老高啊，这20年你跟着我从来没失误过，唯独这关系着全中国的龙首你却弄丢了，你、你，你叫我怎么说你好啊！"杨司令激动地咆哮起来。

"到底是怎么回事，高副官，你慢慢说。"

"你是？"

"他是罗玉辉，是值得信任的伙伴。"田鹤在旁边介绍。高副官对着罗玉辉点了点头说道："我也真是阴沟里翻船，本来已经到达了南京与马鞍山的边界，谁曾想居然杀出来一伙山贼，对我跟兄弟们进行了围攻，兄弟们拼死将我送了出来。"讲到这里，高副官堂堂七尺男儿流下了不甘心的泪水。

"我中了4枪，都没打中要害，我拼尽全力跑了出来，可却没将龙首带出来，杨司令，我愧对你的信任，请处罚我吧！"高副官"噗通"一声翻身跪在了地上，身上的伤口再度崩裂，鲜血顺着绷带渗了出来。

"站起来，我杨某手下没有软蛋！在哪儿丢了，便去哪儿给我夺回来！"

"是啊，高副官你先起来吧，你看这伤口又裂了。"

高副官重新躺在了床上，情绪并未平复，一直在念叨对不起。

"没关系，高副官，龙首丢了我们夺回来就是。你跟我们详细描述一下这伙山贼的特征。我们等会儿就派兵搜寻龙首。"罗玉辉对于龙首也是非常的在意，虽然没有明着说高副官的不是，但也有些等不及去寻回龙首。

高副官的眼神出现一丝慌张，但随后就镇定了下来，就是这短短的一瞬间却被田鹤看在眼中。

"那伙山贼一袭黑衣，带着黑色的头套，为首的穿着件黑色的汗衫，胸口有一道疤，手下都叫他二爷。"

"二爷？他们还有其他特征吗？"罗玉辉追问。

"没了，当时太混乱，兄弟们一个个死在了我的眼前，当时愤怒的我只记得这些了。"

罗玉辉出门叫进来一个人，"让同志们现在去集市打听一下，在马鞍山一带的山贼团伙，首领是一个叫二爷的人，穿着黑色的汗衫，胸口有道疤。"

"是，马上去办！"手下应了一声就派人前去打探这二爷的信息。

"咱们也先出去吧，让高副官安静地休息一会儿。"田鹤看了高副官一眼对着3人说道。

"嗯，也对，高副官你先休息，有事就叫门口的同志去办，都是自己人不用客气。"

4人离开了医疗室，偌大的房间只剩下高副官。

"对不起，对不起……"高副官默默地重复着这一句。

高副官的话真假参半，他们的确遭到二爷这伙山贼埋伏，他的手下拼命为他杀出了一条道路，他却将龙首卖给了观音手，只为一己私欲，他的内心也是后悔不已。

出来后，除了田鹤，3人一直在讨论着该如何夺回龙首，他们担心这帮无所不做的山贼会将龙首卖给日本人，而田鹤在旁边一直在思考着什么，默不作声。"喂，你想什么呢，大家都等你说你的想法呢！"陈荣怡一脸疑惑地看着田鹤。

"这事情可能没有想象中的简单。这龙首可能……"田鹤话还没说完就被打断。

"报告首长，已经查到这个二爷的踪迹了，他混迹于马鞍山一带，以抢劫路人为主要营生，无恶不作，集市的老百姓都谈虎色变，对此人十分恐惧，正巧有个老百姓告诉我们，他现在在城东的一个赌场中耍钱，我们该怎么做？"

"这件事交给我吧，我的人将龙首弄丢了，一定要由我亲手夺回来。跟我走！"杨司令一脸怒气地带着手下走了出去。

"这杨司令还真是急性子！"罗玉辉无奈地摇了摇头。

"奇怪，真是怪了！"田鹤低声嘀咕着。

城东赌场。

"他奶奶的，老子今天怎么这么背，抢了一帮穷光蛋，连个屁都没有，玩个骰子居然也连输10回，不玩了！小的们，走，喝酒去！"马二爷带着小弟往门外走，突然被一个庞大的身影挡住。

"他奶奶的，哪个不开眼的挡你爷爷的道。"马二爷嚣张的指着面前的人骂了起来。

"滚一边去！"杨司令一脚将马二爷踹翻，指着赌场中的众人大喊："二爷是哪个，给我站出来！"

"你奶奶的，你找死，小的们上。你要找二爷？你爷爷我就是马二爷！"马二爷对着杨司令叫嚣道。当杨司令缓缓地转过身，死死地盯着他的时候，他就知道这回要阴沟里翻船，面前这个绝对是个狠角。

骑虎难下的是，马二爷对着杨司令说："兄弟，你混哪条道上的？我好像不认识你，咱们井水不犯河水，今天的事就这么过去怎么样？"

"你不认识我，但我认识你！我这身衣服你没有觉得眼熟吗？"杨司令指了指身上的军装。

马二爷有些傻眼，这不是早上劫的那帮穷光蛋穿的军装吗？这摆明是前来寻仇的啊，看来没法善了了，"兄弟们，给我上！"

杨司令带来的都是训练有素的士兵，岂是这帮草莽山贼能对付得了的，一会儿的功夫就将这帮山贼制服，将这马二爷给五花大绑。

"各位壮士饶命啊！"马二爷怯懦地趴在地上磕头认错。

"你在杀我兄弟的时候，就应该想到会有这种下场。将他带回去。"杨司令冷冷地扫了他一眼。

教堂中4人盯着马二爷，马二爷心中后悔不已，这帮穷光蛋虽然没有多少钱，没想到后台居然这么硬。

"说吧，龙首在哪儿？"杨司令冷冷地盯着马二爷问道。

"什么龙首？"马二爷有些懵，这是想敲诈我？

"别装了，就是一个金子做的龙首。"陈荣怡追问道。

"我没有见过这龙首啊。"

杨司令照着马二爷胸口就是一脚，给他踹出几米远，痛得他嗷嗷直叫。

"我不喜欢重复，龙首在哪儿！"

"我真的不知道啊！"马二爷眼泪都要流出来了，他真是不知道这龙首是个什么玩意儿。

"你真是不到黄河不死心啊！"杨司令拽着他的脖领子来到了高副官的房间，"看看他是谁！"

高副官也被吓了一跳，这马二爷还真是个废物，这么容易被人抓住了，只希望杨司令他们不要发现什么。

这人不是当时跑掉的那个人吗？他怎么受伤了？马二爷一眼就认出了高副官。

"看你再狡辩，我再问一遍，龙首在哪儿？"

"我真不知道龙首在哪儿啊，我从来都没见过。"

"死鸭子嘴硬，高副官，你看看是不是这人把你打伤的？"

"嗯，就是他，杀了我数10个兄弟，化成灰我都认得！"高副官双眼含泪看着他。

"你含血喷人，我们马帮从来都是用刀的，你身上明明就没有刀伤。"

"闭嘴，你说我是该相信你一个杀我手下的人，还是应该相信跟了我20来年的老朋友？你现在只需要说出龙首在哪儿，我就给你个痛快。你知道军中对俘虏是有一番逼问手段的吧。"杨司令给了马二爷一巴掌，逼他交代实情。

马二爷欲哭无泪，这都是什么事啊，一分钱没抢到还得搭上一条命，还是因为一条莫须有的罪名。

"我说了我没见过什么龙首！我马二爷绝非鸡鸣狗盗之辈，你要杀要剐随便！"

"还挺有骨气，来人，带下去，逼问龙首的下落，别弄死他。"杨司令阴沉地盯着马二爷。

"他的确不知道龙首的下落，高副官你觉得我说得对不对？"田鹤突然发话。

"田鹤，你这是什么意思？你宁可相信一个山贼，也不相信跟你共事了这么久的战友吗？"高副官怒气冲冲地看着田鹤，眼看这马二爷就要被屈打成招了，这小子非得横插一道。

"我不是帮着这个山贼说话，我对他也不感兴趣，我现在只在乎真龙首在哪儿，你骗得了别人骗不了我，高副官！"

"田鹤，你说的是什么意思？"杨司令有些生气地看着田鹤。

"高副官，遭遇袭击是事实，只是他身上的伤并不是因为这些山贼的袭击造成的。刚才我问过医生，医生说他是近距离遭到枪击，凭高副官的身手这些山贼根本无法近他身！由此我判断，高副官是故意自伤！"田鹤有理有据地分析，高副官的脸色有些变了。

"是真的吗？"杨司令看向高副官。

"你别听他胡说！"

"我听荣怡说，你家刚添新丁是吧？在杨司令手下收入微薄，由于家中拮据，于是你剑走偏锋，将龙首藏了起来是不是？"

高副官低下了头，任凭谁都能看出他已经默认了这件事。

"哎！老高啊，你让我说你什么好！你太糊涂了，这事也怪我啊！"杨司令伤感地闭上眼睛。

"高副官，事已至此我也不想追究什么，你说吧，你将龙首藏在哪儿了？"田鹤冷静地问。

"龙首已经被我卖了。"高副官不再隐瞒，"我到达南京之后就秘密地约见了观音手，将龙首卖给了他。观音手曾经跟我一起在杨司令手下当差，我对他还是很信任的，所以我就自作聪明地将龙首卖给了他，以为他会将龙首带给你们。没想到，商人终究是商人。"高副官后悔地说。

"观音手？"田鹤听到观音手的名字，就将心放了下来，一起经历了这么多，他坚信着观音手会将龙首带回来。

"田鹤，你去试试看，能不能联络上观音手，将真龙首取回。"罗玉辉终于说话了，他一直默默地看着这戏剧化的一幕。

"好，我去试试。"

160

第十章 夜莺

直到田鹤想联系观音手的时候才发现，原来自己从来都没有观音手的联系方式，一直都是观音手联系他，他一直也没有头绪，久思无果，他便和陈荣怡商议接下来的计划。观音手现在找不到，不知道是什么情况，另外 11 个生肖头都在白河县，开启密室的开关则是黑玉和貔貅，他现在计划着该如何夺得陈老太手中的黑玉。

田鹤和陈荣怡在外面搜寻半天无果，便回到了教堂。

"陈老太现在应该还在上海，我想回去夺回她手上的黑玉，相比较龙首，黑玉也是比较珍贵的。至于观音手，现在我们也找不到他，只能等他联系我们了。貔貅，我跟杨司令商量一下，交给他来夺回。"

"嗯，我陪你去上海，咱俩进去跟爸爸和罗玉辉商量一下接下来的计划。"

教堂内，杨司令和罗玉辉焦急地等待着，看到二人进来急忙围了上去"怎么样，联系到观音手了吗？"

"还没有联系上，他一直神出鬼没的，永远是他找我们，我们想找他有些困难！"田鹤无奈地说。

"我早就看出观音手这小子有些不正常，所以我才把他赶出我的军队，没想到啊，高副官实在是太糊涂了。"杨司令一脸的懊恼。

"算了，听天由命吧，我相信一定会找到观音手取回龙首的，我现在派人在江苏、上海、南京三地打听观音手的下落，一旦有消息立即通知你们，依然是用鼻烟壶通信。"

"那么，咱们应该商量下黑玉和貔貅该怎么夺回来！"田鹤看向陈荣怡和杨司令。

"貔貅就交给我来取回吧，我和藤野也是老对手了，他现在应该回绍兴了，我准备等会儿就起程，夺回他手中的貔貅。陈老太那边的黑玉就交给你们了，之后我们还是在这儿汇合吧！"杨司令说出了田鹤二人的心思。

"那就这么办吧！我也是这么想的，我和荣怡现在就出发前往上海，找到陈老太夺回黑玉。不过，杨司令，你要小心那个叫夜莺的女人，她是个非常棘手的刺客，一定要小心。"

"放心吧，陈老太应该跟熊三爷联手了，你也小心点儿，这熊三爷不是什么省油的灯，特别是你还在上海鉴赏大会上撅了他的面子，以他记仇的性子八成不会轻易放过你，你到了上海小心点儿。照顾好荣怡！"

"你放心，只要我不死，我就不会让她受到伤害。"

"好小子，你这么说我就放心了，等这些事情一过去，你们俩就结婚吧！"

"爸爸，现在这么关键的时候，你在说什么呢！"陈荣怡娇嗔道。

"哈哈哈，你也有不好意思的时候？养了你这么多年，我还是第一次见到你的这一面呢！的确，现在不是被儿女情长所牵绊的时刻，那便以后再议！"

"那么杨司令、罗同志，我现在就出发了。"

"一路小心，田同志、陈同志！"

"一路小心。"

田鹤、陈荣怡二人走出了教堂。

"那么罗先生我也先走了。"

"您也一定小心，杨司令！国家的未来都在你们手上了，一定要成功啊！"

"放心吧，我杨某人办事你放心。"杨司令也走出了教堂。

在杨司令走后不久，高副官也趁着罗玉辉不注意离开了教堂。"杨司令，我愧对于你，我一定会补偿的。"高副官也正坐在通往绍兴的列车上。

绍兴日军指挥部内。

"坂田君，这次你真是立了大功了，这真龙首既然到了我们手中，那我们再举办一次鉴赏大会，再次邀请各地的古玩鉴赏大师前来，这次就算田鹤那混蛋再来捣乱也不怕了，因为这的的确确是真龙首。果然我大日本帝国统治中国是天意所在啊！"藤野小次郎一脸的兴奋，对面前的龙首爱不释手。

坂田突然冷冷地说："说你蠢，你还不信，上次在上海办过一次鉴赏大会，以失败告终，但是中国人都已经知道了我们的目的，你认为再次将龙首拿出还会有人相信这是真龙首吗？"看着涨红了脸的藤野小次郎，坂田继续说："而且，就算他们相信这是真龙首，也不会前来的，中国人是不会再给我们机会让我们名正言顺地侵略中国，所以这是完全行不通的，以后你说话要经过大脑啊，藤野大佐！"

"八嘎牙路，注意你的态度，我并不是你的手下，既然你这么说，那么我们现在应该怎么办？"

"现在？当然是夺取田鹤手中的黑玉和貔貅了，还有陈老太那半块黑玉也是我们必须得到的。这都是进入白河县诸侯王洞窟必需品。现在我们只有集齐十二生肖之首才能再一次进行鉴赏大会。不过我们可以先进行一次拍卖会。"观音手阴沉地笑着说。

藤野小次郎看着龙首想把它收起来，坂田却突然站起来，拿过龙首放进了箱子。

"坂田君，你这是什么意思？"藤野有些生气地看着坂田。

"这龙首我还有用，这是我夺得田鹤信任必须拥有的！我猜高副官那个蠢货的阴谋已经被他们发现了，果然你们这些当兵的都是没有大脑的。哼哼！"坂田拿起箱子，冷笑着离开了房间。

"八嘎牙路，坂田，若是这次你再失败，即使上面会惩罚我，我也一定要将你处死。"藤野小次郎看着坂田的背影，阴沉地嘀咕道。

上海，田鹤和陈荣怡来到了上海闸北石塘弄 35 号，可是发现此处已经人去楼空，并没有找到陈老太，两人一番商议之后决定去阴市逛一逛。两人来到了蛇老七的房子前，发现门口两边有 4 个人谨慎地检视着四周，正门口坐着一个小孩童，地上铺着一块破布，上面摆了一些小玩意。"挑一挑，看一看啊，唐朝出土唐三彩嘞。怎么样，有没有看好的？"小孩的脸上看不到一丝稚气，正一脸正经地盯着田鹤。

"这些我都看不上，小孩，你这儿有这种玉吗？"田鹤拿出黑玉在他面前晃了晃。

"你是叫田鹤吧？"小孩突然问道。

"你怎么知道我的名字，你是陈四娘的手下，还是熊三爷？"

"他们是谁？我不认识，只是昨天一个老太太也拿了同样一块玉来我这儿，跟我说过几天会有一个拿着这种玉的人来这儿，那个人叫田鹤。她还给了我一笔钱，让我给你带句话，4天后在百乐门，她办了一个古玩拍卖会。"小孩说完松了一口气。

"4天后，那不就是后天吗？陈老太究竟有什么阴谋，莫非她算准了我会来，这是一场鸿门宴？"

"田鹤，我们要去吗？我有种不祥的预感，这件事不会这么简单。"陈荣怡一脸担心地说。

"没有办法，想夺得黑玉，就只有去了，我们没有观音手那么大的情报网，无法准确地获取陈老太的行踪，这是我们唯一的机会，即使这次危机四伏，我也要闯一闯！"看着下定决心的田鹤，陈荣怡担忧地看了一眼，"那好，我陪你去。"

"这次不行，太危险了，你不能去。"田鹤说得一点儿商量的余地都没有。

看着一脸失落的陈荣怡，又看了看老七店门前的小孩，田鹤又说："你还有更重要的事要去做，拍卖会当天，你要去一趟老七的住所，我怀疑那就是他们的据点。刚才的小鬼表现得有些不自然。如果是不相干的人，陈老太是不会告诉他我的名字的。"

"我们先去百乐门附近找个旅店住下吧，顺便观察下，他们既然要举办拍卖会，就一定会事先做一些准备。不过我们得先去悦来茶楼坐一坐。"

"为什么？"陈荣怡一脸疑问地看着田鹤。

"悦来茶楼一直是上海的情报中心，闲来无事的人都会去那儿聊一些城内的大事，咱们去听听有没有有用的信息。"

离开阴市，两人直接前往悦来茶楼，在楼下找了个偏僻的角落坐了下来。

"小二，一壶茶水，一碟花生米。"

"好嘞！客官稍等。"不一会儿茶水和花生米送了上来。

田鹤给小二一块大洋，"我想问你点儿事！"小二看到出手大方的顾客瞬间眉开眼笑。

"客官您说，我定知无不言！"

"听说后天在百乐门有一场拍卖会？可有此事！"

"嗯，最近的确听到其他客官提起过。"

"那你知道这拍卖会是谁举办的吗？"

"听说是七星传奇中的陈四娘和熊三爷共同举办的。这熊三爷自从上次在日本人的鉴赏大会上替日本人鉴定假的龙首，古玩界的人就都了解了他的品行，对他渐渐疏远，要不是这次有陈四娘共同举办，我想也不会有太多人到场。不过上海的富商们是肯定会去的，他们都有钱烧得慌，买那些小物件，就几根、几十根金条地那么花，如果能都给我该有多好。咳咳。"发现自己有些跑题的小二不好意思地咳嗽了两声。

"你下去吧！"田鹤拿起茶杯喝了口茶，看向陈荣怡，"荣怡，你怎么看？"

"这两个人凑到一起肯定是谋划着什么，给你留口信就是为了引你去，我感觉他们的目的是黑玉和貔貅。"

"嗯，不过这黑玉和貔貅可不是这么好夺的。后天拍卖开始之后你去老七家好好搜一搜，明天我帮你联系几个同志跟你一起去，你自己去我可不放心。"

"呵呵，你的八姨太可不是那么弱不禁风的，不过也好，多一个人，多一份力量。"

俩人突然听到一个人提到了观音手，立即将注意力集中了过去。

"你听说没，这次拍卖会表面上是陈四娘和熊三爷办的，实际上是观音手暗中操作的，这观音手在上海的势力也真是越来越大了，现在连七星传奇中的两个人都能被他当枪使，只不过这七星传奇也是没落了啊！我听说七星传奇的老大就是那个观音手身边的瞎子，前些日子也被炸死了，现在七星传奇就只剩下这两个人了，你知道为什么叫七星传奇……"

听到这个人突然将话题转到了其他的地方，两人也就收回了注意力。

"观音手也参与其中？这事情看来比想象的还要复杂得多啊！"田鹤眉头紧锁。

"这不是正好吗，既然能见到观音手，正好能找出龙首的下落。"

"嗯，不管他究竟是敌是友，我一定要把龙首拿回来。"田鹤暗下决心："走吧，也没什么可以打探的了，回去休息吧，明天去找几个同志来帮忙。"

杨司令一行人也到了绍兴，在城门口避开了日本士兵的检查，成功进入绍兴，找了一家茶馆稍作休息，派了几个人去打探藤野的行踪。

"打探清楚藤野的行踪了吗？"

"藤野一直呆在绍兴的指挥部内没有出来。"一个军人回答。

"这不好办了，我们得等他出来之后才能下手。他在指挥部里一缩，我们根本拿他没有办法，以藤野的性格，这貔貅一定会带在身上。"杨司令按了按眉心。

"听附近的老百姓说最近上海那边有些动静，陈四娘和熊三爷准备要办一场拍卖会。"

"哦？以藤野的性格肯定不会错过这种拍卖会的，到时候就是咱们的机会，以小日本的性格，他们乘坐的火车必定不会让其他中国人上，那么咱们就准备下在上海火车站动手。现在动身前往上海吧。"

"高副官，你怎么来了，你的伤好了吗？"一个军人看到门口的高副官十分诧异，他们只知道高副官负伤了在南京养病，并不知道高副官将龙首卖给观音手的事。

"行了。你们都出去吧。"

屋内只剩杨司令和高副官，高副官"噗通"就跪在了地上，杨司令看着这样的高副官也有些于心不忍。

"老高，你这是在干什么？"

"杨司令，我没什么本事是个大老粗，你辛苦栽培我20多年，我却因为一己私欲犯下了这么大的错误，我实在没脸见你，只是我自己犯的错误一定要由我自己补偿，我会去取回龙首。"

"老高，我果然没看错你，人嘛，一生中都会犯些错误的，你堂堂七尺男儿居然会向我下跪，你这种敢于承担一切的胸襟还真是令我刮目相看，我自认不会比你做得更好，快点起来吧！"

高副官缓缓起身，看着杨司令，眼泪却止不住地流了出来。随后杨司令跟高副官商量了接下来的计划。

"事不宜迟，我们现在就动身吧。"

"老高，你的伤可不要勉强啊，实在不行你就留在绍兴养伤。"

"司令，我一定要去。"看着高副官坚定的眼神，杨司令知道多说无益，便动身前往上海。

的确如杨司令所料，藤野小次郎正打算去上海参加坂田暗中操作的这场拍卖会，坂田跟他说这场拍卖会会聚集很多人，让他有机会能暗杀几个就杀几个，这对他们也是个机会。

拍卖会前一天，藤野小次郎带着一队日本士兵前往上海。

"这次如果有机会，不管坂田是否拦着，一定要杀掉这个叫田鹤的，他实在是太碍眼了。"

"是，藤野大佐。"一身中山装的夜莺，准备到时混入人群中进行刺杀。

藤野小次郎抵达上海已是下午，上海车站稀稀疏疏的人群，杨司令根本无法近藤野的身，只能让计划暂时搁浅。

经过一番波折，杨司令联系上了田鹤，两人约在了悦来茶馆见面。两人商量了下明天拍卖会的准备，杨司令在听田鹤说这场拍卖会是观音手暗中操作时，顿时皱起了眉头。

"如果观音手将龙首拿出拍卖，那可就糟了。"

"何出此言，如果观音手将龙首拿出拍卖，我们就正好有机会将其夺回。"

"没那么容易，你还不知道藤野也赶过来了吧！"

"藤野？他也来了，那这件事变数就又大了。"

"本来我打算在车站袭击他，夺回貔貅，只是当时人群实在是太稀少，没有掩护，伤亡会很大，我就想等拍卖会再动手。"

"只有到时随机应变了，变数太多多想也无用。不过杨司令你现在有一件事必须要做！"

"什么事？"

"筹钱！如果到时龙首真的被观音手拿出来拍卖，我们得有足够的资金才能拍下它。"

"好，我尽量筹，我怎么没看到荣怡？"

"她随共产主义的同志前去调查蛇老七的住所了。"

"田鹤，出于杨司令的角度我对这件事的做法无可厚非，但是作为一个父亲，我希望尽量不要让荣怡涉险。"

"嗯，我知道的，到时拍卖会正常进行，蛇老七的住所必定疏于防护，凭借他们的身手想进去调查应该会轻而易举。"

"嗯，这样就好，那么我先走了。"杨司令说完就离开了。

拍卖会当天，百乐门果然聚集了不少人，大家听说这次是中国人办的拍卖会，心理就没有那么多的抵抗。

田鹤只身一人前往拍卖会，进到屋内巡视一圈没有发现观音手，却发现了陈老太，陈老太也看到了田鹤，缓缓地走了过来。

"我猜你就一定会出现，不过你死心吧，我是不会把黑玉拿出来拍卖的。"

"你不拍卖我便抢，总之黑玉我一定要得到。"田鹤沉下脸来。

"年纪不大，口气不小，我警告你很多次了，不要蹚这浑水，你现在退出还来得及，我也不希望云老二的唯一传人命丧于此。"

"我是不会比你先死的，为了一己私欲不顾国家安危的人，都不会长命的。"

"四娘，你就不要再跟这个冥顽不灵的臭小子浪费口水了。"熊三爷从田鹤后面走了出来。

"熊三爷，你谋害我师父，你的命我要定了。"看到仇人站在面前，田鹤的怒火瞬间被点燃。

"有能耐你就来拿，要嘴皮子是要不了我的命的。"说完拉着陈老太离开，去跟熟人寒暄。

随后藤野、杨司令也相继来到了大厅。藤野狠狠地盯了田鹤一眼，田鹤则是完全无视他，与走过来的杨司令说着刚才发生的事。

"各位，欢迎大家来到我们七星传奇首次举办的拍卖会。今天将拍卖我熊老三和陈四娘的各种珍藏，还有神秘嘉宾的价值连城的古董，请各位拭目以待，那么好了，拍卖会正式开始。"熊老三在台上眉飞色舞地主持着拍卖会。

"第一件拍品，是陈四娘的珍藏，宋朝宫中皇后佩戴的玉凤钗，起拍价一根金条！"

瞬间底下叫价声不断，田鹤、杨司令冷冷地看着这一幕，这些都不是他们所在意的。

拍卖会持续进行着，出场的古董也是越来越珍贵，田鹤的注意力也是不断集中，因为拍卖会快接近尾声了，龙首究竟会不会被拿出来拍卖，这才是他们所在意的。在两人的期待之中终于迎来了最后一件拍卖品。

"这件古董，意义已经超越金钱的范畴，所以这件古董允许以物换物，当然你如果有足够的金条也不是不可以的。那么好了，我就不卖关子了，这件古董就是……"

熊三爷把台上的红布一掀，龙首展露在众人面前。现场出现了惊讶和唏嘘两种声音，一部分人认为这就是前些日子日本人拿出来的那个假货，现在却又被熊三爷拿出来再次拍卖，而另一部分人则是真正的行家，他们一看这龙首的色泽就能判断出个八九不离十，他们认为这龙首八成是真的。

熊三爷冷静地看着台下的这一幕，开口道："200起拍。现在开始进行拍卖！"

"200。"一个灰衣老头举起了自己的号牌。

"250。"藤野毫不示弱地举起了自己的号牌，在场的众人发现了日本人居然在场拍卖龙首，一部分人更加确信了自己的想法，这熊三爷已经被日本人收买，在这里用这个假龙首来套取同胞的钱财。

"400。"杨司令突然出声，举起手中的号牌，挑衅地看了看藤野小次郎。这一嗓子惊呆了众人，齐齐地看向杨司令，寻思究竟是哪个冤大头，竟然花如此大的价钱来收购这个假龙首，甚至在怀疑这是不是日本人的同伙，是个托儿。

"500。"藤野小次郎不动声色地再次举起号牌。

"600。"

"700。"

"800。"

"900。"两人不停地往上飙，终于在藤野小次郎喊出900的天价时止住了，杨司令一脸为难地看向田鹤，田鹤心说不好，这是快没钱了吧!

"田鹤，我今天只带了1000根金条，时间太短我只能筹集这些，如果藤野再往上叫的话，这龙首可就是要落到了他的手上了。"杨司令焦虑地看着田鹤。

"1000。"杨司令咬牙喊出了自己能接受的最高价格。

"熊三爷，我听说可以以物换物对吗？"

"藤野大佐，开始前我曾说过这是允许的。"

"我今天只带了1000根金条，你看看此物值多少。"藤野派手下拿着一个小布包送到了台上。

熊三爷看了眼手上的东西惊呼道："天啊，这是战国时期的貔貅，我曾看过一部资料记载过这块玉貔貅，这确实是块上佳的玉器，这水润度，通透度极高，毫无杂质，只可惜这是半块，若是有另半块在，我可以毫不犹豫地说，这块貔貅的价值将和这龙首齐平。"

只见台下之人唏嘘不已，识货的人自然同意熊三爷的观点，而那些不识货的则更加怀疑熊三爷跟日本人串通好了。

"好了，废话少说，这半块貔貅究竟能值多少？"藤野小次郎略显不耐烦地看着熊三爷。

"初步暂定价值为 500 根金条，藤野大佐您意下如何？"

"好，就这么办，那么我出 1500！"藤野直接将竞拍价提到了 1500。全场唏嘘，这日本人究竟掠夺了中国多少财产，居然这么有钱。

藤野直直地盯着田鹤，他们此次举行这次拍卖会的目的就是为了夺取田鹤手中的黑玉和貔貅，他们跟陈四娘、熊三爷商议好，到时黑玉归陈四娘，而貔貅则是归日本人。

田鹤看到眼前这一幕有些傻眼，这次自己可真是自作聪明错失良机，他有些惭愧地对杨司令说："哎，可惜了，今天我居然犯糊涂将黑玉和貔貅放在了荣怡那里，若是此时在手也许可以拿黑玉换得龙首，真是糊涂啊。"田鹤懊恼地拍打了几下自己的头。

"这也是没有办法的事情，谁能想到藤野小次郎资金会如此充足，而最令我惊讶的是观音手居然真的将龙首拿出来拍卖。"杨司令安慰着田鹤。

"这观音手的想法总是千奇百怪的，我也是猜不透，只有等碰到他当面与他对质了。"田鹤则是一脸无奈地看向杨司令。

田鹤却没想到他潜意识的决定竟然救了他和杨司令一命，一旦藤野和坂田夺得了黑玉和貔貅，田鹤、杨司令甚至包括陈四娘、熊三爷都将命丧于此，他们的目的是全部的古董。

蒙在鼓中的熊三爷也有些焦急地看着台下的田鹤，心想这小子真这么聪明，真龙首摆在面前也不上钩。

"那么好，1500，第一次！"

"1500，第二次！"看了眼田鹤，完全无动于衷，熊三爷也终于落锤。

"1500，第三次，龙首归藤野大佐所有！"

"好了，此次拍卖会圆满结束，随后我们安排了酒会，请各位留下来慢慢享用。"熊三爷说完就退到了幕后。

拍卖会结束后，杨司令跟田鹤就离开了百乐门，去悦来茶楼与陈荣怡汇合，期望她能有所收获。忽然田鹤觉得身后有人跟踪，对杨司令使了个眼色，杨司令对身边的手下吩咐了几句就与田鹤分开。

两人分开后田鹤还能感觉身后有人跟踪，终于确认，这跟踪之人是奔着自己来的，走到一个小胡同，田鹤转过身盯着眼前的人，这人也露出了自己的真正面目，正是夜莺。

"说吧，是熊三爷派你来的，还是日本人派你来的？"田鹤冷静地看着夜莺。

"不用管是谁派我来的，你只需要知道你今天如果不把黑玉和貔貅交出来，你就死定了。"夜莺阴森地看着田鹤。

"呵呵，你对自己的跟踪水平貌似有些太自信了，看看你身后吧！"夜莺身后的杨司令正拿着枪指着她，夜莺见状况不对拎起匕首直接冲向田鹤，在刺向田鹤的一瞬间，田鹤急忙躲闪，一脚将她踹倒在墙边，夜莺的衣服也被掀开了个角，田鹤看到了她腰间的胎记。

"你这蠢女人，这已经是第几次刺杀失败了？听你说话的语气应该是中国人吧，为什么要通敌卖国？日本人究竟给了你什么好处竟让你如此死心塌地地跟随。"田鹤突然对这个叫夜莺的女人有些好奇。

"废话不用多说了，既然被你抓住，要杀要剐随你便！"

"那就如你所愿！"杨司令举起枪就准备杀了夜莺，却被田鹤制止。杨司令一脸疑惑地看着他，田鹤说他还有些话要问这个女人，让杨司令的手下先把她绑了起来。

随后田鹤和杨司令来到了悦来茶楼，看到陈荣怡后两人都松了一口气，带着夜莺坐到了陈荣怡的面前。陈荣怡有些惊奇地看着夜莺。

"跟踪我和杨司令，被我们抓回来的！我先问她一些问题，等会儿再说你今天办的事。"田鹤对着陈荣怡使了个眼色，告诉她不能让夜莺听到他们的计划。

"说说吧，我刚才问你的问题？"

"我没什么好说的。"夜莺将头一扭，闭口不言。

"那好吧，你叫什么名字？"田鹤换了一个问法。

"夜莺。"

"我是问你的真名。"

"我只记得我姓夏。"听到这个姓，田鹤突然吸了一口气，有些猜想被证实了。

"你还记得你的父亲是谁么？"

"我没有父亲，只有我的养父，没有他，我也不会有今天，也许我早就死了。"夜莺叹了口气。

"看来我猜的没错，我知道你的父亲是谁了，你被日本人蒙骗了这么多年，一直被当枪使，你也真可怜。"田鹤也叹了口气。就在他和瞎子运送龙首的途中，两人闲聊，他听瞎子说过他曾经有一妻一女，妻子在他去赴约鉴宝之时被日本人杀了，之后他就再也没有见过他那当时年仅 10 岁的女儿，他答应过瞎子如果有机会一定帮他找到女儿，他问瞎子，他女儿的特征，瞎子说记得她的腰间有一块紫色婴儿拳头大小的胎记。

"你胡说，我是被渡边父亲从道边捡回来的，我那时发高烧，我的父母遗弃了我。"夜莺倔强地看着田鹤。

"你都说你发高烧了，你的意识还能清醒吗？你母亲被日本人杀了，你因为年幼被他们的大佐看中带了回去，你只是因为感觉父母遗弃了你而选择了忘记 10 岁前的记忆。你现在好好回想一下吧。"田鹤说完就转过头跟陈荣怡和杨司令解释这件事的缘由。

陈荣怡一脸惊讶地看向夜莺，突然愤怒地看向田鹤，"你怎么能确定她就是瞎子的女儿，你看过她身上的胎记了？什么时候看的，好啊你，以去参加拍卖会为借口，出去私会别的女人。"

杨司令尴尬地推了推女儿，示意她听田鹤解释，"我今天一直跟杨司令在一起，只是在刚才夜莺袭击我的时候无意中发现的，你不要瞎猜了。"田鹤也有些尴尬地解释道。

"嗯，是这么回事，田鹤一直跟我在一起，刚刚那个女的袭击我俩时被田鹤一脚踹飞，可能是他在那时候看到的。"

"幸亏有我爸爸作证，要不你就死定了。以后就算是有女人衣角漏出来也不准看。"田鹤看了杨司令一眼，默契地摇了摇头，女人的占有欲果然可怕啊。

夜莺想了半天，有些疑惑地看着田鹤，"我 10 岁前的记忆的确有些模糊，不过经你这么一说我的确是有些印象，莫非真如你所说？"

"我说这些只是告诉你要想清楚自己的一切，不要一直被日本人当枪使了，要清楚自己的人生意义所在。好了，你走吧！你仔细想想你的父亲，如果真跟我说的一样，那么你的父亲则是个为国捐躯的英雄。"想到瞎子为了救自己而献出了自己的生命，田鹤不禁红了眼睛。

"你真放我走？你可别后悔，如果让我发现跟你说的不符我还是会回来取你性命的。"夜莺说完便走了出去。

"这女人还真是不知好歹，我们放了她，她居然还跟我们放狠话，气死我了！"一旁的陈荣怡有些生气地看着田鹤，为他的举动感到不值。

"我也只是猜测，不过如果她真的是瞎子的女儿，那么对我们来说应该是个好消息。"

"嗯，的确如田鹤所说，这夜莺如果是瞎子的女儿，那么她对日本人的仇恨将会很深。她如果倒戈于我们,那对我们将是很大的助力。"杨司令也赞同地点头。

"行了，说说你吧，荣怡，今天你有什么发现吗？"田鹤和杨司令齐齐地看向陈荣怡，陈荣怡有些得意地看着他两,回身喊道:"小雨,过来。"

一个小孩从陈荣怡的身后跑了过来，这小孩田鹤也认识，正是前些天帮陈老太传信的那个小孩，这个小孩还偷了他的枪，怎能让他印象不深。

"他怎么会在这儿？"田鹤警惕地盯着这个小孩，担心这个小孩将身上的东西再摸去。

看着谨慎的田鹤，杨司令有些疑惑，"这小孩是谁，怎么让田鹤这么防备。"

"这孩子曾经偷过田鹤的枪，所以他才这么谨慎，放心吧，这孩子其实也很可怜，在陈老太手下受着魔鬼般的折磨，才练就了现在这么一手偷窃的功夫。"陈荣怡有些爱惜地摸了摸小雨的头。

"你今天就只带回来这么一个孩子？"

"当然不是，你看这是什么？"陈荣怡突然拿出黑玉在田鹤面前晃了几下。

"是这个孩子给你的？"田鹤看到黑玉一脸的惊喜，这真是得来全不费功夫。

"嗯，果然如你猜测的一样，蛇老七死后他的店铺一直没人敢搬进去，最后是陈四娘和熊三爷接手了他的店铺，现在是他们的据点。

我和共产主义的同志一同前去就发现了这个孩子，这个孩子跟我说陈老太一直苛刻他的生活，求我救救他，我就将他带了回来，没想到他居然给了我这么一份大礼。"陈荣怡一脸得意，田鹤却皱起了眉头，事出反常必有妖。

"来，小雨我问你，你为什么背叛陈老太？"田鹤将小雨叫到面前亲和地问道。

"她对我不好，我不想在她那儿待下去了，正好看到了这个大姐姐，我就跟她来了。"小雨一脸天真地说。

田鹤转过身对二人说不要太相信这个小孩子，他总感觉这个小孩儿不是真心地投奔他们。可是陈荣怡却不乐意了，她心想田鹤居然怀疑这么可爱的小孩，转身带着小雨就去一边玩了。田鹤看了看手中的黑玉，心想只要警惕点儿应该没有什么问题。

第十一章　火烧教堂

百乐门后台，藤野、坂田、熊三爷、陈四娘 4 个人聚在了一起，藤野一脸不爽地看着他们。

"你们说的，只要我拿出足够的资金和貔貅，田鹤就一定会上钩的，这就是你们说的上钩吗？"藤野对着 3 个人大喊。

"事已至此再大声也没有用，只有再找机会了，这就是一次试探，这田鹤我还真是小瞧了，他真能沉得住气。"坂田紧皱眉头。

"其实也没有多少关系，我们至少收集了一大笔资金啊！"熊三爷笑呵呵地说，在他眼中钱就是一切。

"哼，可耻的商人，在我看来，你们国家就算灭亡了跟你也没有关系，你的眼中只有钱！"藤野一脸鄙视地看着熊三爷。

"哈哈，没错，没有什么比金条更实惠了，田鹤的事情我们从长计议就好了！"熊三爷开心地拿起金条蹭了又蹭。

"已经没有从长计议的机会了，我想现在田鹤已经暴尸街头了！我想夜莺应该已经快回来了。"藤野小次郎"嘿嘿"地阴笑起来。

坂田一听瞬间暴起，指着藤野骂道："你这蠢猪，我跟你说过多少回了，在没得到黑玉之前不准动田鹤，他万一将黑玉和貔貅藏起来，我们这辈子也别想再找了。你这混蛋，如果不是你还有用，我现在就毙了你。"

藤野刚想反击，就看到夜莺走进后台，藤野看到一脸平静的夜莺就不禁哈哈大笑起来，凭借他对夜莺的了解，这八成是得手了才会有的表情。"完成了？"藤野一脸期待地看着夜莺，等待夜莺说完成时狠狠地嘲弄坂田。哪知夜莺摇了摇头说道："抱歉，藤野大佐，失败了。"

藤野小次郎的怒火瞬间被点燃，抓住夜莺的头发就把她的头往桌角上面撞，夜莺被藤野打得满脸是血跪在了地上，藤野朝着她狠狠地吐了口唾沫，骂道："你这该死的支那猪，该死的蠢女人，这点事情都办不好，当初渡边大佐骗你回来就是个错误，你这只吃不做的蠢猪，你去死吧！"藤野一脚踹向夜莺的脑袋，被坂田拦了下来。

"她还有用！"坂田回头对夜莺说："这没你的事了，你出去吧。"

夜莺缓缓起身走了出去，她脑中回响的只剩下了藤野的那句话，"渡边大佐骗你回来就是个错误！"她心想：莫非田鹤是对的，我居然蠢到被日本人当枪使了这么久还不知情，竟然还傻傻地效忠于他们，我真是太蠢了。

看到夜莺离开了后台，藤野闭口不言。

"现在我们可以商量怎么夺得田鹤手中的黑玉了吧，藤野大佐？"坂田嘲笑地看了眼藤野继续说："我打算把龙首交给他，以没有将龙首交给日本人为由取得他的信任，然后趁他不备夺取黑玉和貔貅。此次拍卖会我一直没有露头，我想他对我应该还是信任的。"

陈四娘突然开口，"观音手你也不必着急，我已经有计划了，你们就拭目以待吧！"

坂田听到陈四娘这么说，看了她一眼说："那好吧，四娘你有消息就通知我们吧！"

坂田拉起藤野走了出去。

门外，藤野对坂田说："这个女人可以相信吗？"

"看看再说吧，她想背叛是不可能，田鹤是不会原谅她的，也许她真的有计划呢！既然有人想当枪，那我们就做猎人好了。"坂田阴险地说。

田鹤和杨司令商量准备先去南京和罗玉辉汇合，之后就一同前往白河县，先打开诸侯王的墓，将剩余的 11 个生肖头像转移到陕西。田鹤二人商议完便准备启程，一直在外戒备的高副官走了进来，愧疚地看了田鹤一眼，对杨司令说："杨司令已经准备好了，我们走吧，只可惜这次没见到观音手，没将龙首夺回。"看着一脸惋惜的高副官，田鹤也原谅了他，人非圣贤孰能无过，何况他又不是为了一己私欲而办出这等错事。

"荣怡，走吧，咱们去南京！"

"去南京可以带上小雨吗？他在这里我不太放心。"陈荣怡一脸渴望地看着田鹤。

田鹤有些为难，最终点了点头，答应了她，只是跟她约定让她看好他，他觉得这小雨有些问题，却没看出问题在哪里，陈荣怡不屑地看了田鹤一眼就跟小雨一起玩去了。

到达南京与罗玉辉汇合后，简单地说了一下上海的情况，一行人因为太累了就都休息了。

入夜时分，田鹤突然有种不安的感觉，他就离开房间出去找陈荣怡。睡眼朦胧的陈荣怡看着田鹤以为他要干什么见不得人的事，连忙说："这样不好吧，爸爸就住在隔壁！"

田鹤有些无语地弹了下陈荣怡的脑袋说："你想太多了，我很累，没有那种精力好吗？"

陈荣怡有些不好意思地吐了下舌头问那半夜来找她干什么？田鹤问她有没有看到小雨，陈荣怡说小雨住在杨司令旁边的屋子，田鹤急匆匆地走了过去，打开门傻眼了，空荡荡的房间哪有人影。突然想起什么的他急忙跑回自己的房间，发现陈老太的那块黑玉不见了。他让陈荣怡看下黑玉和貔貅还在不在。

过了一会儿陈荣怡回来了，满面泪痕，哭着说："田鹤，对不起，对不起，我应该相信你，不应该这么相信小雨的，黑玉和貔貅都不见了，怎么办啊！"没了主见的陈荣怡可怜地望着田鹤。

"放心吧，没什么大问题，去把杨司令叫醒吧，我去找罗玉辉和高副官，咱们一起商量下接下来的计划。"田鹤一脸温柔地安慰道。在这一瞬间，陈荣怡感觉为这个男人付出一辈子也是值得的。

得知黑玉和貔貅被偷，杨司令狠狠地教训了陈荣怡一顿，田鹤连忙劝阻，然后开始商议接下来的计划。

"这个小雨八成是陈老太派到我们身边来窃取黑玉和貔貅的，我们实在是太大意了。现在该怎么办，田鹤你说说你的想法吧！"杨司令阴沉着脸说。

"他偷黑玉也只是给陈老太而已，陈老太他们的目的其实和我们是一样的，都是进入诸侯王的墓，我们去白河县守株待兔就好，仔细想想麻烦还省去不少呢！"田鹤说完看着旁边哭泣的陈荣怡，摸着她的头安慰道："没有什么大不了的，丢了就丢了，只是多了个帮我们开门的人罢了。"

"那我们何时动身，这次我准备跟你们一起去！"罗玉辉说他也想一起去，田鹤也放下了心，多一个人多一份力，何况罗玉辉这边的势力也是不小，对夺得龙首也是一大助力。

"后天我们就出发吧，在白河县守着，等陈老太他们来。"田鹤俨然一副总指挥的样子，说完所有人就各自回房睡了。

上海石塘弄35号，小雨正坐在屋内把玩着黑玉，见陈老太走进来急忙站了起来跑了过去，"奶奶，你回来了！"

"事情办得怎么样了，得手了吗？"

"嗯，得手了，那个女人果然跟奶奶说的一样，笨死了，直接把我带到了他们的住处。我听那里的人说他们是信奉共产主义的人，是为了消灭日本人而组建的组织！"

"乖孩子，我果然没有白疼你，这100大洋你拿去爱买什么就买什么吧。出门小心点！"陈老太溺爱地摸了摸小雨的脑袋。

"谢谢奶奶，这是我拿到的东西，给你！"将黑玉和貔貅给了陈老太，小雨开心地接过大洋跑了出去。

陈老太拿起两块黑玉合到了一起，陈老太终于得到了完整的黑玉，当初在云老二那骗来这半块黑玉的时候，她就已经知道了诸侯王的秘密了，费尽了千辛万苦终于得到了完整的黑玉，眼看诸侯王的宝藏近在眼前她怎能不兴奋。不过她压抑住了自己的兴奋，先去了藤野那里，她还有笔生意要做。

藤野和坂田对坐不语，他们得到了陈老太的消息，说是有大物件要卖给他们。过了一会儿，陈老太只身前来，进屋没说话，直接将半块貔貅拿了出来。

"陈四娘好手段啊，这么奸诈的小贼都能让你骗到，不愧是七星传奇！"坂田看到貔貅双眼一亮。

陈四娘又将貔貅收了回去，"观音手，你不用恭维我，这貔貅我是不会白白交给你们的，我要100根金条。"陈四娘贪婪地看着坂田和藤野。

"好，没问题，既然我答应你了，就不会赖账。这貔貅可以给我们了吧！我也得掌眼瞧一瞧，不能被你这种行家给当成棒槌不是！"

"呵呵，既然你这么说了，那么给你看看也无妨，除了这个我还有个消息要卖给你们，你先看吧！"说完陈老太便把貔貅放到了桌上，坂田拿起来仔细鉴别着，随后向着藤野伸出了手，藤野自然知道他是什么意思，把手伸到衣服内拿出了那另半块貔貅，坂田将两块貔貅合到了一起，居然毫无缝隙。坂田兴奋地大笑道："哈哈哈，皇天不负有心人啊，我终于得到了这半块貔貅。既然如此，那陈四娘你也得到了那半块黑玉了吧？"坂田做了一个你心知肚明的眼神。

陈四娘干笑了两声并没有正面回答。

"你这老太太也真是够谨慎的，你要知道黑玉是开启诸侯王墓穴的钥匙，而貔貅则是开启里面宝箱的钥匙，既然如此我们合作好吗？"坂田向陈老太提议合作："里面的古董都归你，我们只要十二生肖首，你也只是求财，我们跟你追求的不同，这笔买卖怎么看你都是大赚，怎么样，做不做？"

陈老太思考半天突然说："我不敢相信你们，到时候你们万一反悔，我一个老婆子定是无力反抗的，你要给我个保证！"陈老太谨慎地看着坂田。

"那么我以天皇的名义给你保证，墓穴内的宝物都归你，除了十二生肖的头！"藤野平静地说。

陈老太思考片刻，觉得藤野小次郎的话可信，因为日本人对天皇都奉为神明一般，她点了点头："我就相信你们一次，我要带上熊三爷，你们没有意见吧？"

"熊三爷？你不怕他会瓜分你的财富？"坂田疑惑地问。以他对陈老太的理解，这个女人不会随便将财富分给别人的。

"我还是有些信不过你们。"陈四娘直言。

"那就带上熊三爷无妨，既然你都没有意见我们自然是没有意见。"

"另外再卖给你们一条消息，你们一定会感兴趣。"陈四娘阴笑道。

"什么消息，别卖关子！"藤野有些不耐烦地看着陈四娘。

"你们知道共产主义吗？"陈四娘不理会藤野的不耐烦依旧在绕弯子。

"听说过，他们好像是专门为了对抗日本人建立起来的组织。"坂田一听到共产主义几个字瞬间集中了注意力。

看到坂田被勾引起了兴趣，陈四娘缓缓举起了 5 个手指"50 根金条，保证物超所值！连带着把先前那 100 根金条也拿来吧。"陈四娘信誓旦旦地说道。

藤野看到坂田对自己点了点头，藤野就拍了拍手，对着身后的士兵吩咐了几句，不一会儿，150 根金条放到了陈四娘面前，"说吧，我不喜欢说话不痛快的！"藤野盯着陈四娘说。

"的确如观音手所说，是中国一部分人组建起来的一个组织，最近势力越来越大，我相信在不久的将来，你们将会受到他们严重的威胁。"陈四娘喘了口气接着说："据我所知，他们现在的据点在一个教堂内，据我的探子汇报，他们主要的干部都在教堂内，而且田鹤和杨司令也暂居此处，你们要动手就尽快吧。该说的我都说完了，我先走了。探墓的具体时间你们定好通知我。"陈四娘跟坂田交代了具体的地址，

185

然后招呼进来门外的两个士兵帮她把箱子搬到了车上，扬长而去。

"坂田君，你怎么看？"

"她说的不像是假话，这个女的我认识了将近 10 年，是个嗜钱如命的主，她不会放弃跟我们去诸侯王墓穴的机会，所以她是不会撒谎的。"坂田阴险地笑了笑："共产主义，哈哈，这真是天赐的机缘啊，刚刚将貔貅得到手，没想到居然会发现这个组织的据点，这个组织破坏过我们很多次计划，的确应该尽早除掉。还有田鹤和杨司令，既然已经得到了貔貅，那么田鹤就没用了，可以除掉，你觉得呢，藤野大佐？"

藤野也不废话，直接付诸于行动，"那我们现在立即前往南京吧，我怕他们听到风声提前转移！"藤野站起身来对身后的士兵吩咐了几句，就转身出门了，他心中所想的并不是共产主义，而是多次破坏他好事的田鹤，那股恨之入骨的仇恨已经将他彻底点燃，他走向了地牢。

夜莺趴在地牢之中，衣衫褴褛，蓬头垢面。可以看出她这些日子受了不少的虐待，看着走进来的藤野，猛地转过头盯着他。

"恨我吗？"藤野走近夜莺温柔地问道，看到夜莺的眼神，他便得出了答案，猛地一巴掌扇向夜莺，"臭女人不知好歹，敢瞪我！"

夜莺再次转过身时，眼中的恨意已经隐藏不见，只能看到平静。她现在心中想的是如何出去，然后进行复仇。在这一段遭受非人般虐待的日子里，她终于回忆起以前的日子，她想起了的确是日本人杀害了她的父母，还挖了他父亲的双眼，还有几次居然安排她去刺杀自己的亲生父亲，这股恨意已经将夜莺侵蚀，她现在脑中除了恨已经没有别的了，但是她想出去，必须要去讨好藤野。

"这就对了，看我的眼神必须是尊敬！出来吧，换身衣服，有任务给你！"藤野不屑地扫了夜莺一眼。

夜莺换洗好来到了藤野的房间。

"藤野大佐，我来了，有什么指示？"夜莺恭敬地说。

"这次派你去南京消灭一个组织的主要成员，不过这不是最重要的，最重要的是田鹤也在那里，这次只许成功不许失败，否则回来你就切腹吧！"藤野冷酷地说。

"是，我知道了，藤野大佐，我什么时候动身？"夜莺一听居然是刺杀田鹤，暗下决定一定要提前通知他们先跑。

"你带着一队人，现在就出发吧。"藤野给了夜莺最后一次机会。

夜莺带着一队人连夜出发前往南京。抵达南京之后，夜莺支开士兵只身一人去了古玩市场，将日本人要偷袭田鹤他们的信息写完放到了鼻烟壶中，随便找了个小摊卖了，就急匆匆地去与队伍汇合。

"首长，我今天在咱们的鼻烟壶中发现了个纸条，你看一下，如果这是真的，那咱们的麻烦大了！"一个传令兵急匆匆地给罗玉辉送去了鼻烟壶。

旁边的田鹤一听到鼻烟壶，一下就想到了夜莺，看来自己猜得没错，夜莺果然是瞎子的女儿，她来联系我们了。

"罗同志，鼻烟壶中的纸条写了什么？这应该是我的熟人给传的信！"田鹤凑了过来，看着纸上的内容，看到后面眉毛都快拧到一块了。

"田鹤，这纸条的可信度高吗？"罗玉辉也紧锁眉头地看着田鹤。

"嗯，她应该是不会说谎的！"田鹤肯定地说。

杨司令和陈荣怡急匆匆地也赶了过来，"发生了什么事？"

"夜莺给我们传信说，日本人要来攻打教堂了。据我估计应该是小雨告诉了陈老太，陈老太又通知了日本人，这该死的老太太，通奸卖国！"田鹤气愤地说。

"夜莺，她能相信吗？哼，你是不是被她迷住了啊？不要轻易相信她，我觉得她可能是骗我们的。"陈荣怡一脸醋意地说。

"别胡闹，荣怡你别掺杂小孩子脾气在里面，她骗我们一点儿意义没有。"杨司令呵斥着陈荣怡，陈荣怡嘟起嘴在一旁不说话了。

"嗯，夜莺说的应该是真的，咱们先做好迎敌的准备吧！通知同志们注意一个女的，不要误伤她，那是自己人。"田鹤对罗玉辉说。

"好，我去安排，打他们个措手不及。"

天渐渐黑了下来，据夜莺所说他们就是这时候动手，一共出动了一个排的士兵。教堂中的人都严阵以待，突然听到了教堂的钟声响起，这是他们的信号，他们知道敌人来了。

一队日本士兵静静地走向教堂。突然教堂的门被打开，看着冲出来的共产主义战士，日本兵有些不知所措。枪声四起，日本士兵瞬间被灭，突然一声枪响，一名战士倒在了地上。"有狙击手"，战士们互相提醒着，都躲进了建筑物里。

"什么情况？为什么会有狙击手，纸条中为什么没有提到。"罗玉辉看着自己的同伴受伤，情绪有些失控。

"这我也不清楚，也许是日本人根本没有完全相信夜莺，又派了几个狙击兵。这件事我有责任，我去抄后干掉他们。"田鹤毅然决然地向后门走了过去。

"小心点儿。"罗玉辉有些后悔跟田鹤发脾气，田鹤迅速走了出去。

教堂周围是个小公园，有树做遮掩，田鹤小心躲闪着，一路上也没有被狙击手发现。从刚刚受伤战士的位置来看，狙击手应该在对面的那座 3 层小楼之上。田鹤慢慢靠近了这栋 3 层小楼，一层一层地摸了上去，在顶层果然发现了狙击手，抬手就是一枪，没有一丝犹豫，这栋楼的狙击手被击毙后，相隔两栋楼的另一名狙击手有所察觉，对着田鹤就是一枪，田鹤一个闪身闪进了楼内，跑向另一栋楼。

他一路小跑，来到了刚才狙击手所在的楼上，发现狙击手已经死了，夜莺正站在尸体旁，和田鹤打了个招呼，田鹤也松了一口气。

"一共就这两个吧？"

"嗯，应该是，这两个都是藤野身边的亲信，每次暗杀都会派出来，没想到他居然完全不相信我。"夜莺有些郁闷地说。

"没有活着的了吧，当然除了你！"田鹤开玩笑说。

"没有了，藤野为人自大，自认为一个排的士兵足以歼灭你们，所以只派了这些日本兵。"

"你全想起来了？"田鹤问道。

"嗯，居然被他们耍了这么久，我真是不甘心！"夜莺一脸不甘地说。

"行了，跟我回教堂再说吧！"田鹤带着夜莺回到了教堂。

教堂门口的陈荣怡焦急地等待着，看到田鹤回来了，急忙迎了上去，自然忽略了他身边的夜莺。

陈荣怡关切地把田鹤全身上下看了一遍，看到田鹤没有受伤，她终于松了一口气："你可吓死我了，怎么自己就冲了出去，你不知道这究竟有多危险吗，还好你没事。"

听着陈荣怡不停地埋怨，田鹤有些感动地笑了笑把她拥入怀中，"好了，仅此一次，进去吧！"

田鹤向教堂中的人介绍了下夜莺，说了一下夜莺刚才将狙击手打死的事实，教堂中的人就都对夜莺多了一分信任。

"夜莺，我该跟你说一下你父亲的事情了，你父亲就是七星传奇中的老大，瞎子，夏老大。他一直在挂念着你，那夜他喝多了跟我说了很多你的事情。只可惜好人不长命，祸害遗千年，你父亲为了中国的千秋大业不幸被日本人夺去性命，牺牲了自己成就了大业。"

夜莺听得眼圈微红，心中感慨原来自己的父亲居然如此伟大。

田鹤看着夜莺继续说："现在时间紧迫，我也就不跟你绕弯子了，不知道你听说没有，我的黑玉和貔貅已经被偷了，我想黑玉应该在陈老太身上，而貔貅自然应该是落在了藤野的手上。"

"什么，被偷了，究竟是怎么回事？"夜莺一脸惊讶地看着田鹤。

田鹤简单地讲了下事情的缘由就继续说："现在我希望你继续回去跟在藤野身边，帮我们打探他们那边的情报。关于何时去诸侯王的地宫，这点对我们很关键！我知道这件事情很危险，所以我也不强人所难，做与不做完全由你自己决定。"

夜莺毫不犹豫地就答应了下来，"我不说做这些是为了你，就是为了复仇我也会去这么做，只是现在藤野不是太信任我了，要让他信任我，你得帮我做些事情。"

"好，没问题，只要不是太过分的要求，我都会答应！"田鹤听到夜莺答应了下来也松了一口气。

"把这栋教堂烧了，南京报纸必定会登出来，这等大事件藤野一看就会信以为真。"夜莺平淡地说。

田鹤以寻求的眼光看了下罗玉辉，毕竟这是人家的地盘，自己草草地做决定也不好。

罗玉辉也面色纠结地思考着哪边比较重要，最终下定决心对着田鹤点了点头。

"行，烧就烧吧！先让罗同志他们收拾一下重要的东西，然后我们就撤离这里，前往白河县。"

"烧毁教堂的时候你们一定要撤离，千万不要被记者拍到，否则将功亏一篑！"夜莺提醒道。

"我明白，你过来吧，趁现在我再跟你说一说你父亲的事情。"田鹤将夜莺叫到一边对她说了她父亲被日本人挖眼陷害的事情，夜莺终于没有憋住，哭了出来。田鹤摇了摇头，陈荣怡看到哭得凄惨的夜莺也不禁动容，走过去安慰她。

"我不会放过他们的，田鹤，答应我，如果有机会击杀藤野，一定要让我亲手杀了他！"夜莺狠狠地握了握拳头。

"好，我答应你，不过你要尽量保持平静，不要被藤野看出什么端倪，他虽然自大但却很狡猾。"田鹤提醒道。

教堂中一片嘈杂，突然静了下来，罗玉辉跟田鹤说："收拾完了，我们出发吧！"

烈火吞噬着教堂，田鹤看着罗玉辉坚定的眼神，坚信没有信错人。

"走，出发去白河县，到我的地盘，让我好好招待你们。"杨司令阔气十足。

"那就叨扰杨司令了！"

"哪里的话，我在你这打扰了这么久，也该让我杨某人好好招待你们一下了。"

说完一行人就踏上了前往白河县的征程。

完成任务的夜莺也匆匆赶回了上海。

这几天的上海也不是很太平，日本人过于嚣张，在上海也不曾消停，偶尔就会传出哪里又死人了的信息，特别是古玩市场，突然失踪的人特别多，所有人都把这件事联系到了日本人身上，其实日本人也是哑巴吃黄连有苦说不出。

"坂田君，这些日子上海古玩市场的商人频频失踪，你认为这件事和我们有没有关系，是不是我们得到了整块貔貅的事情被宣扬了出去。"藤野小次郎心事重重地和坂田说道。

"八成是这样的，不知道是什么人将此事泄露了出去，我派出去的探子也跟我说，最近古玩市场正传着一件事，说日本人得到了中国古代君王的一座墓穴的钥匙，传言说里面财宝无数，得到一件就能让你吃上好几辈子，所以这帮奸商都趋之若鹜地前去白河县。"坂田阴沉着脸分析道。

"一定是陈四娘这个死老太婆，我们都承诺给她除了生肖之外的宝物，她居然还要宣扬出去，她是不是间谍？"藤野小次郎心中一惊，顿时觉得自己说的很有道理。

"你还是带兵打仗吧，分析问题什么的真的不适合你！"坂田一脸鄙夷地看着藤野。

藤野面色发红，多次被坂田羞辱让他也有些想杀了坂田的冲动，只是上面派人监视着他，知道他与坂田不和，防止他下黑手。藤野看了眼门外往屋内偷瞄的士兵，压下怒气说："那你说是因为什么？"

"这消息是陈四娘放出去的肯定是没错，但并不是因为她是什么间谍，她如果是间谍或者是田鹤他们一伙的，就不会将貔貅交给我们。"坂田喝了口茶水继续说道："原因只能有一个，就是陈四娘怕自己吃不下这么大一批古董，或者说她根本就是怕咱们日本私吞这一部分古董，所以势单力薄的她，必须拉动一些势力强大的伙伴，首选自然就是熊三爷。"

"八嘎牙路，果然是这老太婆搞的鬼，我们都已经用天皇的名义起誓了她居然还是不相信，但是她如果只是告诉熊三爷，以熊三爷的贪婪是绝对不会说出去的。"藤野疑惑道。

"她肯定不会相信的，这一点我们都心知肚明，我是不会将古董全部给她，这对我们大日本帝国也是一笔不小的财富。而那熊三爷见识过咱们大日本帝国的实力，对自己的势力也不是太自信，所以他只能拉拢更多的同伴，所以这批知道的人都偷偷地前往了白河县，而不知道具体地点的人只能分析对一部分，但是具体的位置他们肯定是不知道的，不过，过几天他们就会知道了，因为莫名其妙失踪的人那么多，肯定会有人尾随，只要有消息传回来，他们就一定会抓紧赶去。"不得不承认坂田实在是非常聪明，这使得他在田鹤这个人精面前也没有露出马脚。

"那咱们也赶紧出发吧！诸侯王地宫的钥匙在陈四娘手上，她如果先去了一定会把古董拿个一干二净的！"藤野心急如焚地催促着。

"不急，咱们不去的话她是不会动手的，那帮古玩市场的人也都不是善茬儿，如果我们不去制约的话，陈四娘如果开门也不见的能得到多少古董。"坂田阴阴地笑道："所以咱们不急。"

"有时候不得不承认你的确很聪明，坂田君。"藤野小次郎发自真心地佩服藤野，根据一点线索就能推断出这么多的问题。

"我们等明天再走，先让他们耗着吧！等他们精疲力竭之时我们再下手。"坂田有深意地一笑。

"对了，你派去偷袭的人应该快回来了吧。"

两人说话间进来一个士兵说道："报告大佐，夜莺回来了。"

坂田一笑，"真是应了中国的一句老话，说曹操曹操到！"

夜莺平复了一下心情走了进来，"藤野大佐，他们已经全军覆没了，不知道您看报了没有。"

"哦？快拿两份报纸过来。"藤野面露喜色对着门外的士兵喊道。不一会儿门外的士兵将两份报纸拿进来交给了藤野和坂田。

"南京一教堂发生大火？教堂内发现40余具尸体，无一生还。"

坂田皱眉看着新闻。

"只是教堂被烧毁了？你怎么确定田鹤是否在其中？"藤野有些怀疑地看着夜莺。

"我们抵达南京后在教堂四周埋伏了将近4个小时，接近傍晚时分看到所有人都回了教堂才出手的，前门后门都被士兵堵住了，我已亲眼确认田鹤在其中，教堂着火之时没人跑出来。"夜莺镇定自若地说。

"那我们的士兵呢，为什么只有你一人回来了？"

"在我们撤退之时遇到了杨司令的部队，经过一番厮杀，除了我全员覆灭，杨司令那边也死伤惨重，杨司令本人也身受重伤逃走了。"夜莺将一切描述得特别真实，她已经想了一路应答方法了，以免露出马脚。

"哈哈哈，干得不错，下去吧。好好休息休息，过两天我们启程去白河县。"藤野知道田鹤已死，心情就格外得好。

"去白河县干什么？"夜莺明知故问。

"不该问的就不要问！下去吧！"坂田阴沉着脸盯着夜莺，夜莺背脊一凉感觉仿佛被毒蛇盯住了似的。她应付藤野绰绰有余，只是这个坂田实在是太聪明，她面对他的时候总有些心虚，担心被看出马脚。夜莺恭敬地应了一声急忙退了出去。

"藤野，你觉得这个女人说的是真的吗？我总觉得她在撒谎，却又找不出她话中的问题所在。"坂田说。

"坂田君，你不要看到我办成了一件大事就眼红，这可不是我大日本帝国将领该有的风范，在我看来田鹤他们是已经真的大势已去，哈哈哈哈！"藤野小次郎一脸得意地看着坂田，仿佛自己赢了一般。坂田则思索着什么，压根没抬头看他，藤野小次郎看坂田没有反应也就无聊地走了出去。

第十二章　诸侯王的地宫

这几日的白河县热闹非常，一反这个小县城安静的面貌，各处酒店挤满了人。田鹤他们抵达之时发现这种情况就暗道糟糕，这么多人来蹚这浑水，事情的复杂肯定加倍，这其他的十二生肖究竟能不能得到的变数也增多了。

"怎么会多出这么多人。"陈荣怡看着原本冷清的小道现在却门庭若市。

"我猜跟诸侯王的地宫脱不了干系，只是不知道消息是谁放出来的。"田鹤说。

"这种局势下我们想得到龙首就更难了，田鹤你能确定日本人会将龙首带来吗？"杨司令焦虑地问。

"放心吧，他们是一定会带来的，凭他们的水准是分不清其他生肖首的真假的，只有用龙首进行对比才能分辨得出。"田鹤信心满满地说。

"田鹤同志，据我看来日本人应该还是没来到白河县，以他们嚣张跋扈的性格，如果来到白河县一定会出来招摇的。"罗玉辉对日本

人的品行了解得也十分透彻。

"杨司令，你看那边的人。"高副官突然出现在杨司令身后，指了指前面茶馆中的二人，陈四娘和熊三爷正在其中不知商议着什么。

"看来消息就是这两个老鬼头放出来的了，这两个该死的，局势本身就已经够复杂的了，他们还非要出来搅局。"杨司令一脸怒气地冲向茶馆，田鹤几人也匆匆地跟了上去。

"陈四娘、熊三爷这么巧啊，这时来我白河县有何贵干？"

"哦？杨司令果然家大业大，这白河县何时成你私人的了？"陈四娘反讽杨司令。

"陈四娘牙尖嘴利果然不减当年啊，只是不知道你这房事功夫是否也如当年一样？"杨司令也毫不客气地回击。他知道陈四娘年轻时为了钱做的那些下贱事，只是他没想到陈四娘的反应竟会如此的淡然。

"我那房事功夫莫非杨司令您也想体会一番？至于我们呢，是来这里旅游的，据说这里景色不错，我二人就来溜达溜达，这么大岁数了也不能一直窝在上海那个老地方，也该出来走走，见识见识外面的世界。"陈四娘年岁虽然已不小，但是这股子风骚劲也将杨司令弄得无语。

"这么大岁数了还是这么不要脸！"陈荣怡看陈老太调戏自己父亲，气不打一处来对着陈四娘骂道。

陈四娘皱了皱眉，看到陈荣怡和田鹤双手紧牵，突然笑开了，"荣怡啊，你这几年跟着我也没少学到我年轻时候的风范啊，看这样子，你是已经将田鹤勾到手了？一定是自己贴上去的吧！呵呵，你这股不要脸的劲儿我当年与你相比也真是小巫见大巫了。"

陈荣怡满面通红却无力反驳，的确是她当时主动勾引的田鹤，只不过两人是两情相悦才到了一起。

"陈四娘，荣怡是我追到手的，她跟你可不一样。至于你二人的长相那也真是小巫见大巫了，是吧？"田鹤指了指陈荣怡光滑细腻的脸，又蔑视地看了眼陈四娘长满皱纹的脸。

女人最在意的就是自己的外表，明眼人谁看不出田鹤指的是什么，陈四娘瞬间气炸了："好你个牙尖嘴利的臭小子，我希望你们过了今天千万别哭着闹着来求我！"说着愤然起身同熊三爷走了出去，熊三爷全程一句话没说，只是盯着田鹤思考着什么。

看着走远的众人，杨司令问田鹤："陈四娘最后的一句话是什么意思？"

"应该是他们准备明天动手，我猜日本人也已经到了，你们先回住处吧！我去古玩市场溜一圈，日本人如果到了，夜莺一定会给我们留口信的。"

"好，你自己小心。"田鹤与一行人分别径直前往古玩市场。

到达古玩市场扫荡了一圈，果然发现了夜莺留下的鼻烟壶，收回后看了下里面的内容。

"今天日本人已经来到了白河县，小心不要被他们发现，他们打算明天晚上行动。这里这么热闹，消息是陈四娘放出去的，她为了得到地宫中的古董放出消息，找这一群乌合之众来对抗日本人。"

纸条的内容就是这些，田鹤感到不妙，刚才杨司令一冲动使得所有人都露面了，这早晚要穿帮的，他写了个纸条让夜莺赶紧离开日本人的营地来找他们，就随便找了个地摊将鼻烟壶卖掉了。

田鹤走后不久，鼻烟壶就被人买走了，只是这人不是夜莺，却是熊三爷。熊三爷出门后一路悄悄地跟随田鹤，田鹤因为搜寻鼻烟壶这个小物件并没有发现被人跟踪。

熊三爷抽出字条，嘿嘿一笑，直奔日本人营地。

军营内，坂田和藤野正和熊三爷迎面而坐，熊三爷抿了一口茶笑着看着二人。

"说吧，熊三爷，今天来是为何事？"藤野小次郎问道。

"田鹤。"熊三爷只说了两个字，就把二人的兴致勾了起来。

"田鹤？他已经死了。"

熊三爷一笑，话题一转，"我给你个消息，只对你们有一点儿小要求，就是把陈四娘那份古董分给我就好，我保证这消息物超所值！"

"好，你说，我确认这个消息值的话，可以给你陈四娘的那份，毕竟在我眼中她也只是个棋子而已。"坂田玩弄着手里的茶杯显得十分随意。

"呵呵，观音手，你是聪明人，这纸条你看一下就明白了。"熊三爷将鼻烟壶中的纸条交给了坂田。

坂田扫了一眼手中的纸条就将其扔了，然后对熊三爷说："好了，我答应你，只不过你要跟我透露他的行踪。"

"成交，那我就不打扰先走了。"

熊三爷走后，坂田告诉藤野把夜莺抓起来，他想问夜莺点事，藤野问什么事，坂田并没有说。

一处阴暗的房间内，只有夜莺一个人被拷在椅子上，不一会儿房间门打开了，坂田走了进来。

"知道为什么抓你来吗？"坂田看着夜莺突然笑了起来。

"要杀要剐，悉听尊便，反正被你们抓到，我也没打算活着出去！"夜莺双眼一闭索性不管了。

"呵呵，谁说我要杀你，我只是想知道原因，为什么背叛我们？"

"为什么你们还不清楚吗？我究竟是谁想必你们也十分清楚吧！"夜莺狠狠地说。

"不要对我有这么大的怒气，因为我跟这件事情毫无关系，这件事情都是藤野策划的，你仇恨的对象应该是他才对，只不过我好奇的是你和田鹤是什么关系？"坂田话锋一转。

"田鹤？你对一个已经死了的人还问这么多干嘛？"夜莺一惊，难道被发现了什么？

"呵呵，不用再对我隐瞒了，这个你总认识吧！"坂田拿出了鼻烟壶晃了晃。

夜莺恍然大悟，原来坂田什么都知道了，"你是怎么得到的？"

"这就不需要你操心了，我现在想知道的是你和田鹤是什么关系，你有没有将我的信息透露出去？"坂田目露精光，如果这个女人将他的信息透露出去，那他所做的一切就都白费了。

"没有，该死！我怎么忘了将这么重要的事情告诉他们。"夜莺一脸悔意。

"好了，你可以去死了！"坂田的脸色突然变得很冷酷。

"动作干净利落一点儿，扔到后山埋了！"坂田对着门口的两个士兵说。

"嗨！"两个士兵齐齐地应了一声就走进屋内，不一会儿拎着一个麻袋走了出来，鲜血顺着麻袋淌了一地。

藤野见到这一幕异常的愤怒，自己的心腹就这样被坂田杀了，让他的面子往哪儿放，便冲上前去抓起坂田的领子质问道："为什么，为什么杀她？"

"放手！"坂田将藤野的手拍开。

"你这个蠢货，这个女人是个叛徒，是田鹤那边的间谍，差一点就被她坏了我们的大事。"坂田一脸怒气地看向藤野，把纸条摔在了他的脸上，怒气冲冲地离开了。

藤野看着手中的纸条也有些傻眼，夜莺背叛了自己？这该死的女人居然没将田鹤杀掉？

"八嘎牙路，给我多捅她几刀！也不用放后山埋了，剁碎了喂狗！"藤野恶狠狠地说。

田鹤回到了杨司令的总部，心里总是隐隐的有些不安。

"田鹤，怎么样？夜莺给留信息了吗？"陈荣怡问。

田鹤一脸的担忧，"留了，但是我很担心陈四娘那边会不会将我还活着的信息透露给日本人，如果那样的话夜莺就危险了。"

"陈四娘那边父亲一直盯着呢，她从茶馆直接回到了旅店就没出来过，倒是熊三爷不知跑到何处去了。"

"糟糕，以熊三爷的性格必定会将这消息卖给日本人，夜莺危险了。"田鹤紧握双手，暗恨他们为什么如此冲动，去和陈四娘起冲突暴露了行踪，夜莺如果死了的话，绝对是他们的责任。

"现在多想也无用，我们是没有办法冲进日军营地救人的，夜莺只能自求多福了。"陈荣怡无可奈何地说道。

"嗯，期望她不要出事吧！否则我真的无法跟瞎子交代。"

"好了，你们刚才谈论的我也听到了，多想也无用，还是来研究下诸侯王的地宫，咱们应该怎么进入吧！"杨司令突然从二人背后冒了出来。

把所有人召集起来，田鹤说了下纸条中的信息。杨司令面色阴沉，这是要刨他家的祖坟啊！最后杨司令还是下定决心进行了策划，因为这次不得不去，这次是夺回龙首的最后机会。他们决定在第二天下午就前去埋伏，上海古玩市场来的人大部分都不知道具体地点在哪儿，他们前去埋伏也不会被人发现。

第二天上午，消失许久的观音手突然找到田鹤，这令田鹤十分震惊，他没想到观音手还真敢出现，他为了一己私欲不顾国家安危，将龙首拿出拍卖，最后落到日本人手中，田鹤此次前去就是想听下他是怎么说的。

"哈哈，田鹤，我们又见面了。"观音手一见到田鹤就一脸亲切地迎接上去。

"哼，你还有脸来见我。"田鹤一脸愤怒地盯着他。

观音手笑容满面："老友相见，就这么大的火气，不太好，来来，坐下喝杯茶降降火气。"观音手将田鹤面前的茶水续满。

田鹤坐下直直地盯着他，茶没喝，话没说，在等着他先发话。

"此次前来呢，我是想解释一下上次的事情，关于龙首的问题，的确是我送去四娘的拍卖会上的，作为商人当然是以利益为优先，至于事后得知龙首竟然被日本人拍去我也是很后悔，龙首的消息事先没放出，我没想到会有日本人来参加这次拍卖。"观音手一脸诚恳地说。

对于观音手没有说服力的辩解，田鹤直接打断他说："以你的头脑会想不到日本人来参加？我不是3岁小孩了，这种昏话就不要再跟我说了，我也听不进去。说吧，你找我为何事！"

观音手脸上也没有任何的不悦，说："呵呵，田老弟还是这么直接，我就喜欢你这种性子，我此次来是得到信息，日本人准备在今晚动手，那么你们今晚应该有所行动，我想参加，弥补我的过失。"

"哈哈，弥补过失，别说笑了！你想参加的原因是因为那些古董吧？或者说是其他的 11 个生肖首？"田鹤一脸不屑地看着他。

观音手心中一惊，莫非夜莺已经把一切都告诉田鹤了？硬着头皮问道："你说的是什么，我听不懂！"

"你们这帮商人会有心思弥补过失？你想参加进来，是为了诸侯王地宫的其他宝物吧！"

听到田鹤这么一说，观音手松了一口气，"我真的只是想弥补，以我的实力，在与日本人对抗上也是有些作用的吧！"

田鹤一脸困惑地看着松了一口气的观音手，莫非他有什么不想让我发现的事情？再观察看看。至于帮忙，田鹤仔细想了想，觉得他说的还是蛮有道理的，即使他有些见利忘义，但是他的势力也还是比较强大的。

"那我就给你一个弥补的机会，今天中午我们将在诸侯王的地宫埋伏日本人！到时候你带人来就行了。"田鹤一直紧紧注视着观音手的表情，在他说到今天中午埋伏的时候，观音手不受控制地表现出了窃喜，田鹤终于发现了些什么。

"好的，到时候我会带上我势力的精英来，绝对不会让日本人夺走我们中国的古董！"观音手信誓旦旦地说："那么我就先走了，中午见！"

"嗯，中午见！"

观音手走后，里屋的杨司令等人走了出来，疑惑地问道："田鹤，你为什么要让他中午来？我们不是定好下午吗？"

"他有问题！我说中午就是为了试探他一下。"

"嗯？他能有什么问题，即使有些问题也只是贪财罢了。"高副官一脸疑惑地看着田鹤。

"在我说到中午的时候，他脸上就露出了窃喜，他一定是得知了自己想要的情报才会露出这种表情，他具体有什么心思我也不清楚，只有中午时候先看看再说了。"田鹤向众人解释道。

"我先去趟古玩市场，看看夜莺有没有回复。"

过了一夜，田鹤不安的感觉越来越强烈，匆匆赶往古玩市场，搜寻半晌终于找到了鼻烟壶，倒出里面的纸条，田鹤的脸色变了，扔下鼻烟壶径直返回。

看到田鹤阴沉的脸，众人心知不好，陈荣怡连忙上去问到底是怎么回事，田鹤没有说话，只是把纸条递给了她，就走进屋内。

陈荣怡等人打开纸条看到上面的内容都惊呆了，上面是用血写的"不用再联系你们的内线了，她已经变成狗肚子中的食物了，敢背叛和反抗我大日本帝国的人就是这种下场，你们离这样也不远了！"陈荣怡狠狠地将纸条扔到了地上。众人也都怒火中烧，想立马出去将小日本生撕了。

陈荣怡平复了一下心情，走进了屋内，她知道现在最需要安慰的是田鹤。

"田鹤，别难过了，下午还有大事要干呢！这笔账今天下午我们就还给小日本。"陈荣怡坐在他身边安慰着。

突然间田鹤眼角流下两行清泪，"荣怡，你说我是不是做错了！不该让夜莺也参与到这件事情中来。"

"夜莺早已参与其中了，这跟你没关系，你只是劝服她换了一个阵营罢了！"

"瞎子因我而死，他的女儿又因为我死了，这全是我的错，我不该这么自大，让夜莺以身涉险，在知道她是瞎子女儿的时候我就不该让她回去，我不该啊！"痛哭的田鹤一拳一拳地捶墙，鲜血直流。

"你别这样，田鹤，这一切都是日本人的错，他们的残暴导致了这场战争，他们的残忍导致了夜莺命丧黄泉，他们的奸诈导致了瞎子以身殉国，这一切都是他们的错，你不要这样惩罚自己，这样正中了日本人的计，现在你要振奋！"伤在田鹤的身上，痛在陈荣怡的心里，她是第一次看到这么软弱的田鹤，也有些不知所措。

"嗯，你说得对，小日本，我今天不把你们全弄死我就不姓田！"止住了眼泪的田鹤，把伤心全部转化成了怒火。

"这才是我男人！"陈荣怡松了口气。

田鹤走出来，众人都注视着他，不知何时开始田鹤已经成为了这些人的领袖，所有的事情几乎都交给了田鹤决定，田鹤也就自然地接过了这个重担。

"大家对不起，刚才我有些情绪失控，下午计划照旧，中午我跟高副官一起去地宫入口看看观音手到底是什么状况。"田鹤向众人道歉。

"没关系，这都是人之常情，情绪失控也在情理之中！"杨司令也出言安慰道。

"没错，错都在日本人的惨无人道。"罗玉辉也安慰道。

"好了，各位不用安慰我了，我已经想通了，小日本我不会让他们过得这么舒坦的。"田鹤狠狠地说道："我先和高副官出发了，提早在周围转转，看看究竟会有什么突发事件。"

田鹤和高副官离开了总部，步行一阵子，走到了地宫的入口处，田鹤四周扫视，看到有一处山头比较适合观察，所有的区域都能收入眼中。

"走，我们去那上边。"田鹤指了指山头，高副官点了点头跟了上去。

田鹤带高副官来的用意俩人心知肚明，因为是高副官将龙首卖给了观音手，所以田鹤并不信任高副官，此次带他前来就是看看他会不会叛变。以田鹤的身手，就算高副官叛变，他也相信自己可以制服他。

高副官虽然心中不爽田鹤的怀疑，但是也无可奈何，谁叫他当初做了这种糊涂事。

二人相对无言，默默地注视着入口处的情况，不一会儿就看到一大批日本士兵将这片区域包围。

田鹤狠狠地啐了一口："这观音手果然有问题，但是我万万没想到他居然和日本人勾结到了一起。"

高副官也有些诧异，这相识了 20 多年的朋友没想到居然是日本人的走狗，自己还将龙首卖给了他。想想高副官就后悔，这次他做的事情真是这一生最大的错事。

看到人群中观音手走了出来，指挥着士兵，将整个入口包围了起来，然后观音手阴险地笑了起来，"哈哈，田鹤，你这蠢货，想跟我斗你还太嫩了。"

田鹤将这情景纳入眼中也松了一口气，幸亏自己发现观音手有些不对劲，否则他们今天全得死在这里。

"走吧，高副官，我们回去商议一下该怎么办。"田鹤对着高副官说道。

只见高副官突然站起来就往山下狂奔，田鹤追上飞起一脚就将他踹倒在地，"你想干什么去？又想去报信？再出卖我们一回？"刚刚的怒火还未平息，看到高副官向山下狂奔想都没想就将其制服。当他看到高副官满面泪光的脸他就知道他错了。

"我要杀了观音手这个杂种，他骗了我 20 多年，我居然还将龙首卖给了日本人，我愧对你，更愧对杨司令的信任，宁可不要我这条老命我也要杀了他！"高副官一脸扭曲地说。

"老高，你的心情我理解，但是现在你不能去白白送死，更何况你现在冲下去就被他们发现我们的计划了，一切都将功亏一篑，我们回去商议计策，我跟你保证在场的这些小日本一个也跑不了，刚才他们埋伏的位置我全部都记下来了。"田鹤安慰着高副官。

平复了下情绪，高副官有些脸红地说："是我鲁莽了，差点儿又坏了大事，从今以后我不会再这样了，我发誓。"

"行了，我们走，小心点儿别被他们发现了。"田鹤和高副官静悄悄地走下了山头返回总部。

田鹤在总部跟众人叙述着刚刚发生的事，陈荣怡听过后非常气愤，"没想到这个观音手居然是个汉奸，难怪每次日本人都能掌握我们的行踪。"

"嗯，在入口看到他时我所有的事情就都想清了，瞎子跟我运送龙首那次，一定是他将我的龙首掉包了然后将消息告诉了日本人，瞎子才会死。罪魁祸首终于找到了！"田鹤暗自下定决心不论如何这观音手必须死。

"咱们现在怎么办，派人从外围包抄将他们歼灭？"高副官突然发话，他对于讨伐观音手特别的急切。

"不行，还不能让他知道咱们发现了他是汉奸，他肯定也是想将咱们一网打尽，那我就顺他的意，我先去赴约。杨司令、罗同志你们安排手下的士兵，先做好埋伏，到时候咱们将他们一网打尽，这种场合我猜藤野也是不会错过的。"田鹤井井有条的安排，令杨司令和罗玉辉也不禁连连点头赞同。

"不行，你自己去太危险了。"陈荣怡出来阻拦。

"放心吧，八姨太，咱俩还没结婚呢，我怎么舍得去送死？他们暂时还不会动我，他们不可能为了一只小虾放弃一条鲨鱼。"

"油嘴滑舌，好吧，不过你一定要小心一点儿。"陈荣怡嗤笑了一声。

"那么我去了，到时候见机行事吧，这边的安排就交给你们了。场面一定会很混乱，到时候陈四娘也会来插一脚，不过我猜她是不会挑阵营的，她只会冷眼旁观，哪边受伤都是对她有益的。"田鹤说完就往门口走，在出门的时候回头："老高，别再冲动了啊！"

高副官一脸羞愧地点了点头。

地宫入口处，观音手静静地等待着田鹤他们的到来。

"观音手，我来了，你的人呢？"田鹤突然从观音手的后面出现，把他吓了一跳，周围已经全部被他的人包围了，田鹤是怎么悄无声息地进来的。

"他们马上就到，怎么就你自己一人？杨司令呢？"观音手装作一脸困惑地看着田鹤，心中暗骂田鹤奸诈，居然一个人来的，自己的计划就这么泡汤了。

"哦，他们等会儿就到。我跟你说一下我们下午的计划！"田鹤一脸真诚地看着观音手。

田鹤将他们下午的计划都跟观音手全盘托出，田鹤说自己已经收到内线信息，日本人将在下午的时候动手，他准备在什么时间全员到位，在哪几个点设置狙击手，到时候如何包围日本人，将他们一网打尽，听得观音手是冷汗连连，庆幸自己能先打探到这些情报，否则他们真有可能被田鹤他们一网打尽。

"嗯，这个计划可行，等会儿我的人来了之后我会先吩咐他们占据几个重要的点，以免被日本人先占领了。"观音手谋划着自己的阴谋，田鹤何尝不是，他编着一堆谎话就是为了让观音手派狙击手到那几个点，然后再歼灭他们。

"你的人？我打算等会儿派杨司令的精英狙击手上去，你的手下实力够吗？"田鹤一脸怀疑地看着观音手。

观音手害怕失去这几个有利的位置，连忙说道："绝对没问题，这几个人都是老兵了，实力绝对过硬，等会儿你看到他们就知道了。"

"那好吧，就交给你们了。"田鹤装作一脸为难地答应了下来，观音手内心窃喜。

"那我们都回去重新部署一下，听说陈四娘下午也会来，场面可能会混乱一些，安排好你的人都躲好，万一误伤了可就糟了。"

"好！"田鹤没有多说直接走了。

田鹤走后，观音手得意地哼起了小曲儿，"今天就是你们的死期，这只能怪你太轻易相信别人啊，田鹤！"

田鹤再一次回到了总部，跟众人说了下自己的计划，把日本人布置的点都一一指出，并且把狙击那几个点的位置都安排了一下，先头部队就出发去埋伏了。

接近傍晚的时候，地宫的入口处聚集了大批的人，这一次的盗墓弄得仿佛拍卖会一般。陈四娘也在其中被众人围住，都在询问她这地宫的情况。陈四娘没有不说也没全说，总之众人听得懵懵懂懂的，只知道里面有大量战国时期的古董。

藤野带着一众日本士兵前来，广场上的人给他们让出了一条道，藤野趾高气昂地走了过去。

田鹤和观音手也汇合到一起了，杨司令、罗玉辉也在此列，观音手看在眼中心中窃喜，这次可以一网打尽了。

"怎么样？部署好了吗？"田鹤看了藤野一眼，又意味深长地看着观音手。

观音手装作理解的样子也看着藤野说："都部署好了，只要地宫门被陈四娘打开，我们就动手。"

"你情报网很广啊，连门钥匙在陈四娘手中都知道，我一直以为在日本人的手中。"

"嗯，所以你相信我的没有错，我的实力超乎你的想象！"

"呵呵，幸好你是我们的朋友，不是敌人，否则我们真的会头痛！"罗玉辉突然走出来插话。

"这位是？"观音手看着田鹤。

"这位是我刚认识的朋友，是信奉共产主义的朋友罗玉辉。"田鹤介绍完罗玉辉又指向观音手。

"这位是观音手，至于本名我也不知道，是跟我很有交情的朋友。"

"幸会幸会，不过你刚才说的共产主义是什么？"观音手凑了上去跟罗玉辉握了个手。

罗玉辉心想跟他解释也无所谓。就讲述了下共产主义的理念，越听观音手越觉得心惊，今天一定要把他们在这里全部歼灭，否则对日本征服中国绝对是一大阻碍。

突然入口处闹腾起来，众人将目光都投向那里，只见几个人围着陈四娘喊道："陈四娘这都快晚上了，赶紧把门开开，老子得到消息，这门钥匙在你手中。你还想让我们这帮人在这儿等多久。"

"着急你就走，我没逼你留在这里，熊三爷到场我自然会开地宫。"陈四娘丝毫不受影响，冷冷地说。

"你这臭娘们，给脸不要脸！"这人抬手就要扇陈四娘，突然一声枪响，这人动作一滞，然后嚎啕大叫："哪个混蛋偷袭我？"

藤野走了过来冷冷地看着这个人，"对女人动手是可耻的！这点你要记住！"藤野装作绅士模样对着陈老太行了一个礼，众人知道这个日本大佐只是想杀鸡儆猴，在此立威！

这个人一看是日本人顿时紧咬牙关不吭声了，田鹤看在眼里忍不住叹了口气握紧双拳，他对于中国人对日本人惧怕的神态非常看不顺眼。

就在这时，熊三爷终于出现，身后带了一批保镖，走到陈四娘身边轻声低语，田鹤没有听清，只见陈四娘皱着眉走到了地宫入口处，拿出黑玉对着石门的缺口印了上去，轰隆隆，大门缓缓地开启，众人一见此状都想往里冲，看到突然把枪举起来的日本人又突然都停住了脚步。

陈四娘和熊三爷首先冲入了地宫，藤野和日本兵紧随其后，杨司令带领着田鹤、观音手也走了进去，看着日本人进去了，门口这些人也像疯了一样往里面挤。

诸侯王为女儿建造的地宫甚是庞大，仿佛真正的皇宫一般，进入其中是一片空旷的广场，六根盘龙立柱立于场中支撑着地上的重力，正前方是一座大殿，富丽堂皇，一眼就可看出是主殿，旁边有两个附殿，建造得也是异常华丽。

在众人惊叹这里的华丽之时也都在寻找着可能藏有宝贝的地方，只见有两个人偷偷摸摸地往附殿摸去，就听"砰砰"两声，两人应声而倒，藤野举着枪站在场中扫视着众人。

"八嘎牙路，谁再敢随便乱动就是这个下场。"

"藤野大佐好威风啊！"杨司令出声嘲讽道。

"杨司令，好久不见！你还没死呢？"藤野还击，扫了眼田鹤队伍中的坂田，又看着杨司令。

"你没死我怎么能死？我要进去了，怎么样一起？"杨司令指了指主殿。

"好，那便一起，你们在外面看着，谁敢乱动就打死。"藤野命令身后的士兵。

"藤野大佐，你答应过我外面的古董交给我的！"陈四娘看着藤野的行动，突然有些不知所措，她万万没想到这么多人都不敢跟日本人对抗，之前打的那些小算盘算是白费了。

"呵呵，你就在这站着吧，通奸卖国之人一般都是这种下场，你说是吧，观音手？"田鹤出言嘲讽到，又看了眼观音手。

观音手尴尬地笑了笑，"呵呵，没错，陈四娘，以你这种身份还想分得一杯羹？别再多说话了，省得命丧于此，留着小命没准还会得到一些小玩意。"观音手急忙堵住了陈四娘的嘴。

陈四娘岂能听不出观音手话中的意思，她思索自己说出坂田的身份也没什么好处，所幸闭嘴静静观察场中的状况。

"你也不够资格进入这主殿！"藤野突然回头对着田鹤说。

"我够不够格不是你说了算的。"田鹤径直往里走，日本士兵将枪举起来对准田鹤。

"告诉你手下的人别乱动，小心两败俱伤便宜了陈四娘他们。"杨司令的手下也将枪举了起来。

"好，我就让你进去！"藤野忍下怒气。

"呵呵，我就说了这不是你说了算的。"田鹤一脸不屑地看着藤野。

藤野带着两个士兵拿着个箱子率先进了主殿，田鹤等人也紧随其后进入了主殿。主殿正中间摆着个棺材，里面应该是齐国公主了，主殿右边有个门，门上有个小把手上面有块空缺形状跟貔貅相似。藤野带着两个手下走向了那个门，将貔貅放到了上面，门缓缓地打开，顿时众人眼前金光闪闪，把门口映得格外明亮，只听到藤野在里面哈哈大笑。

田鹤自顾自地走近棺材，藤野并没有阻拦，他现在的目光已经无法离开那个金光四射的门了。田鹤抬起棺材盖被里面的情形吓了一跳，一个骷髅躺在里面，披着一袭金缕衣，左手的3个手指上带着不同颜色的玛瑙玉戒指，这应该是齐国的公主无疑。令田鹤最为惊讶的是里面摆着的龙首和他见过的完全不同，尺寸小太多了。这龙首通体呈赤金色，惟妙惟肖，仿佛真龙一般，只有真正的龙首才会呈此形态。在田鹤发现的同时，围过来的杨司令他们也都看到了，观音手则是贪婪地舔了舔舌头，田鹤急忙将这龙首收入箱中，便往外走。

"站住，藤野，快来帮我抓住他，他手中的才是真正的龙首。"观音手冲上去对着田鹤的头就是一拳。田鹤反应机敏，一个急闪，直接一腿就踹向观音手。

"终于露出狐狸尾巴了！观音手，汉奸！"田鹤冷冷地看着观音手，将箱子递给了杨司令，摆好架势等待着观音手的攻击。

"哈哈，那你也够笨的了，接触了这么久你刚发现吗？不过有个词你用错了，汉奸在我身上不适用，我是纯正高贵的日本血统，岂是你们这些贱民能相提并论的。"话音一落坂田就冲了上去，一拳袭向田鹤胸口，田鹤被打退好几步。

"那日在日本兵营的想必也是你吧，我就说当时的感觉为何那么熟悉却又想不起来是谁，你果然藏得很深啊！"田鹤啐了一口血，冲向坂田，突然他向后急退，趴在了地上，只听两声枪响，子弹擦着他的身体飞过，惊得他一身冷汗。

"藤野，你别欺人太甚，高副官带领兄弟们射他丫的！"杨司令看到自己未来女婿差点儿受伤，忍不住爆了一句粗口。

"观音手，你骗我这么久终于等到我可以亲手取你性命的时候了！"高副官抬起枪对准坂田就射。

坂田一闪躲到了棺材后面出声讽刺："是你太蠢，我什么时候说过我可以信任了。"

"有种你就一直躲着别出来，日本人都是缩头乌龟吗？"

藤野最听不得别人说日本人不是，在他眼中日本人是最高贵的种族，他抬起枪就射向了高副官，双方激战连连，主殿内枪声不断。只见田鹤和杨司令还有罗玉辉一起冲出了主殿直直地往出口跑，众人看着场面如此混乱都想浑水摸鱼，冲向了两边的附殿。

陈四娘和熊三爷见状也指挥自己人冲进去争夺古董，突然熊三爷在陈四娘背后给了她一枪，陈四娘转过头不敢相信地看着熊三爷，她做梦也没想到熊三爷会背叛她，在她心中自己的魅力还是不减当年的。

"为什么？你为什么这么做！难道你不爱我了吗？"陈四娘虚弱无力地问道熊三爷。

"哈哈，爱你？你还以为你是当初那个风华绝代的陈四娘吗？你现在只是个人老珠黄的老太婆，我有了这些古董，我出去什么样的美人儿找不到，我会等你？在你第一次拒绝我的时候我对你的心就已经死了，我做这一切只是在利用你而已，你手中如果没有你当时骗到的那半块黑玉，在我眼中你连屁都不是。"熊三爷冷冷地看着陈四娘，陈四娘终于咽下最后一口气，死不瞑目。

这一幕田鹤也看在眼里，他也不禁兔死狐悲一番，这陈老太费尽千辛万苦只为那些古董，没想到临死也没有拿到手，这就是她站错队的报应吧。

田鹤跑到大殿门口就站住了，拿出手雷拉出保险顺着门就扔了出去，因为他知道门外还有一批日本人的狙击手，他们跟先发部队约定看到门口有手雷爆炸就行动。

他听到了"砰砰"的声音，田鹤知道先发部队已经得手，回头招呼杨司令和罗玉辉赶紧走，但是却看到了他最不希望发生的一幕，高副官被坂田制服踩在地上。

"你要是不想让他死，就将龙首交出来！"坂田以高副官的性命要挟田鹤等人。

"别听他，老子不怕死，有种你就打死老子啊！龙首不能给他，以前我不知道他是日本人，居然将龙首卖给了他，这次老子认清了他的身份，就更不能把龙首交给他！我死了之后帮我照顾妻儿！"高副官说出了一番令田鹤都为之动容的话！

"老高，罢了，龙首丢了再取回来，兄弟命没了我是一辈子都不会原谅自己的！"田鹤拿出龙首慢慢地靠近坂田。

坂田冷笑看着田鹤，"哈哈，我就说你们中国人这种儿女情长永远都无法成就大事！"

"田鹤别过来！"高副官被坂田的话激怒，突然生出一股蛮力挣脱了坂田的控制，翻身扑向坂田，藤野见势不妙对着高副官就是两枪，高副官连话都来不及说就命丧黄泉。

"老高！"

"老高！"

"老高！"

三人同时痛呼。

"老子绝不放过你们！"田鹤双眼通红，将手上的龙首扔给杨司令，就作势向前冲！

杨司令和罗玉辉一把将他拦下，"田鹤别冲动，否则老高白死了，以后有的是机会。走！"

田鹤狠狠地看了藤野和坂田二人，转身向外跑。

"坂田君，你在干什么？为什么不追？"藤野看着跑出大殿的田鹤等人一脸的焦急。

"不急，我已经打探好了，田鹤他们跑不出这个地方的，我已经在各个地点安排了狙击手，他们这次插翅也难飞，我们去看看！"坂田悠闲地走向出口。

当坂田走到门口的时候他有些傻眼，当时自己安排的活生生的日本士兵，现在却已横尸遍野。

"八嘎牙路，这帮奸诈的贼，居然敢设计我，我坂田是何许人也居然被你们这些毛头小子涮了，这口气我要不出我就剖腹自尽！"坂田发出一声怒吼，气得身形不稳晃了一下，这不经意的一晃救了他一命。突然一声枪响，制高点的狙击手看未击中准备再来一枪，坂田则重新钻进了地宫之中。

第十三章 真龙之首

此时的地宫中也是热闹不已，看到日本人离开了大殿，所有人一窝蜂似地冲进了主殿，看到了那如小山般的黄金，都目露精光，冲上去疯抢，甚至不惜大打出手。熊三爷也在后面指挥手下不断地掠夺着古董和黄金，重新返回地宫的藤野和坂田将这一幕看在眼里。

"这帮乌合之众，居然为了一点儿小钱大打出手，果然是劣等民族的劣根性，坂田我杀了他们你没有意见吧？"藤野被刚才那一幕气得也不轻，到手的鸭子飞了，这怎能让他不气愤。

"我没意见，一个不留！"坂田也恶狠狠地盯着地宫中的中国人，他把刚才被羞辱的情绪都转移到了在场众人的身上。

听到坂田赞同的声音，藤野小次郎狠狠地将手中的假龙首往地上一扔，带着士兵对地宫中的古玩商人进行了屠杀。虽然有人反抗，但是空手的如何与拿枪的斗，不一会儿场中就只剩下了熊三爷一伙人。

"藤野大佐，你答应过我给你信息你将古董全都给我的，你没忘吧？"熊三爷看着这些杀人不眨眼的恶魔，心中忐忑却强挺着腰板说。

"哦？我可没有答应过你，是那边的坂田君给你的承诺，我可什么都不知道！"藤野装傻说道。

"我就知道你们这帮小日本根本就无信用可言，兄弟们跟他们拼了，我不信这么多人还弄不死他们。"看到反悔的藤野，熊三爷犹如被逼急了的兔子，带着身后的手下对着藤野就冲了上去。

"我最讨厌的就是你这种通奸卖国的人，自己国家都可以抛弃的人，是不值得信任的，你们都去死吧！"藤野往后一撤，只见两个日本士兵拿起两把枪对着熊三爷一伙就扫射，横尸遍地，整个地宫之中除了这几个日本人再无活人。

藤野走到坂田身边坐下，点燃一支烟问道："接下来该怎么办？"

"等！"坂田只说了这一个字，他当时跟军营中的一个士官安排好了，让他们在听到枪声的同时行动，这是双重保险。

藤野看了一眼坂田，他知道这家伙就会故弄玄虚，可是每次都特别有效，他也就没多问，省得自找羞辱。

过了一会儿，一队日本士兵赶了过来，藤野等人站起身，对他们吩咐了一下将地宫中的古董和黄金都收回了军营。

其实在狙击手一枪未击中坂田时，先头部队就已经全部撤离了，这是田鹤事先嘱咐过的，坂田因为太谨慎而错过了追击田鹤等人的绝佳机会。

回到总部的众人都一脸的沉痛，高副官舍生取义的那一幕在众人脑中久散不去，特别是田鹤，这令他更加痛苦，瞎子当时就是为了救他而死，夜莺也是因为他，被日本人残忍地杀害，现在连高副官也为了这龙首不被日本人得到而舍生取义，想到这些田鹤几乎要崩溃，蹲在地上号啕大哭。

一直待在总部的陈荣怡有些傻眼，急忙冲上前，不忍心看他这个样子，上前将他拥入怀中，田鹤就像个孩子一般不停地抽泣，众人也不忍看到这一幕都离开了客厅。

"荣怡，你说我是不是做错了？像我这种无名小卒就去鉴定古董好了，不应该参与这些事情，因为我心中那所谓的大义，死的人太多了，我现在真的怀疑自己做的决定！"冷静下来的田鹤有些失落地问陈荣怡。

"你做得没错，就像刚刚我跟你说的，这些都是小日本的错，只有把他们赶出中国才不会继续发生这种惨剧。"陈荣怡安慰道，她在刚刚也听到杨司令他们谈论高副官，一眼望不到高副官的陈荣怡也明白了，高副官一定是以身殉国了，陈荣怡也眼圈微红强忍着泪水。

"我们去找杨司令他们商量接下来的行程吧。"

"嗯。"陈荣怡应了一声就跟他走了出去。

经过一番讨论，他们决定了直接出发从白河县到西安转到延安。众人带上龙首连夜出发免得夜长梦多。因为便利的交通工具容易被日本人发现，他们只能骑马前去延安，一路虽然坎坷但是却少了日军的打扰，众人也可以好好休息一回。

"杨司令，这龙首我一眼就认定是真的了，可是杨司令你不说你那些才是真正的龙首吗？"田鹤对此有些疑问。

"我们当时去的只是一个墓穴，与这地宫没法比，当初以为那些就是真的，直到今天发现这栩栩如生的龙首，才发现我们都错了，这才是真正的龙首。"杨司令解释道。

"只要这真龙首入土，这件事就算完结了。"田鹤说。

经过几天的长途跋涉，田鹤他们终于到达了西安。罗玉辉也与他的同伴汇合，他们新结识了一位叫于强的同志，此人是西安共产主义组织的总指挥。

"此次的计划交给罗玉辉同志来定，这里已经算是他们的总部了。"杨司令说："此次龙首现世要好好准备一下，任何意外都不能出，这次如果成功就是我们将日本人赶出中国的开始！"

"不是如果，是一定成功！"田鹤坚定地说。

"西安这边已经比较接近我们的势力范围了，我们在这里好好休息几天，然后将龙首已经被我们得到的消息宣传出去，5天之后在延安展示龙首并将其入土，中国的龙脉一定要回归到中国的土地上。"听到罗玉辉的计划，三人表示赞同。

"计划可以这么进行，但是还是要小心，狗急了会跳墙，我猜藤野和坂田一定会追到这里的，否则这两人也会是死路一条，他们已经被逼上了绝路，现在主导权在我们手中。"田鹤说。

"嗯，田鹤说得没错，观音手在跟随我的时候我就发现了他的野心，把他踢出团队，老对手藤野的野心更是强大，这两人追来这里指不定会做出什么疯狂的事，我们还得派人在城中各处监视着，一旦发现立即汇报。"杨司令也很认同田鹤的说法。

只是于强突然插话道："你们说的这两个日本人果然不一般，据我手下的人汇报，这两人已经在前几天来到了西安，如果你们不说我也不会太过在意。只不过这两人在西安稍作停留就向北走了。"

田鹤皱了皱眉头说："已经来了？他们的动作还真快，他们料到我们会将龙首带到延安，事先前去部署了，这下糟了。"

"那也是没有办法的，我们必须得在西安先把声势造大，才能到延安进行龙首的入土仪式，当龙首已被国人控制的消息传遍中国，中国人必定会奋起反抗，日本人就离滚出中国的日子不远了。"罗玉辉说。

"也只能这么办了，这次只能成功不能失败，加油同志们！"于强站起鼓舞众人。

田鹤有种感觉，所有的事情都会在这次仪式中完结。

这几日的西安城沸沸扬扬，《西安日报》连续 3 天都报道了，中国人得到了龙首，将在延安将其入土，报中还对龙首进行了详细的介绍，介绍了龙首对中国的重要性，使得众人群情振奋。在《西安日报》放出这条消息的第二天，全国各地的报社就都对此事做了极大的关注，现在全国的人都把目光集中在了延安。

在来到西安的第 4 天，众人已经准备好启程前往延安，现在万事俱备只欠东风，他们决定提前一天出发前去延安，因为有藤野两人的阻拦他们必须提前做好准备。

来到延安这几日，藤野和坂田藏头露尾的，这里不是他们的地盘，他们在这里也不敢过于嚣张，看到这几天的报纸令这两人也看出了问题的严重性。这次如果真的被田鹤他们得逞，那他们日本人在中国的日子就真的不好过了，无论如何两人都要将龙首夺回来，这次两人带了一小队人，其中大部分都是精英狙击手，准备在龙首入土仪式当日将首领刺杀，然后趁乱夺取龙首。

"坂田君，这是我们最后的机会了，现在我们是一条绳上的蚂蚱，任务失败对于我们两人意味着什么你也是知道的！"藤野小次郎在一旁提醒着坂田。

"不用你提醒，我知道这次任务的重要性，总之即使拼死我们也要将龙首得到，他们造势造得这么大也为我们提供了机会。他们这也是无意中为我们造势。"坂田阴笑道。

"的确如此，我们现在只需要知道他们具体的入土位置就好办了。我们可以选择制高点对他们进行狙击，哈哈，任凭他们也想不到我们会突然出现在这里。"藤野小次郎也一脸兴奋地看着坂田。

坂田一脸得意地说："哼，他们肯定以为我们会在看到报上信息在赶过来时将我们一网打尽，看来他们还是棋差一招啊，没想到我们会提前一步先进行部署。"

得意的两人还不知道自己的行踪已经被发现，还在谋划着自己光明的未来。

延安，共产党总部。

"此次任务非常严峻，我们需要仔细的谋划，暗处还有敌人暗中窥视，我们还没有掌握他们的行踪，危机四伏，各位要随时做好打硬仗的准备。"一处土屋内，罗玉辉和田鹤三人讨论着这几天的事宜。

"藤野他们还没有找到吗？"田鹤皱眉，"不好办了，藤野他们在暗，我们在明总是吃亏的。"

"罗同志，入土的位置你选好了吗？"田鹤突然问道。

"还没有，准备选择延安的中心位置入土，按常理说这是最佳的位置。"罗玉辉说。

"我想我们应该选择一块空地进行仪式，周围没有任何建筑物的位置。"田鹤说，罗玉辉和杨司令陷入了沉思。

"为什么？不是应该选择最热闹的地段，人越多影响力越大吗？"陈荣怡突然出声问道。

"我们已将这件事闹得非常大了，在全国都有影响力，所以位置不是那么的重要，选择空地的主要原因是因为担心藤野他们出动狙击手，我们不好防范，如果真被他们袭击成功现场将一片混乱，不仅仪式得终止，龙首说不定也会被他们夺走！"田鹤一条一条分析。

"说得有道理，我们还是应该选择一个空旷的位置，周围没有任何建筑物的！"杨司令也表示赞同。

"好，我与延安的同志商量一下，看看哪里是最佳的位置。"罗玉辉转身走了出去。

"田鹤，我觉得这次也不会太顺利啊。"陈荣怡一脸的担忧，她也害怕再有什么人死去。

"那也是没有办法的事，为了国家我宁可牺牲自己，我猜在这儿的人，心里都是这么想的。所以，不要怕。"田鹤说。

"没错，女儿，在这里的人都是期盼日本人滚出中国的战士，都已经做好了随时为国捐躯的准备，包括我们，不要怕，有爸爸在。"杨司令将陈荣怡拥入怀中摸着她的头安慰道。

"嗯，我只是怕失去你们。"陈荣怡双眼泛红。

"傻瓜，我们是不会死的，放心吧！"杨司令坚定地说。

询问之后的罗玉辉走了进来，陈荣怡转过头背对着众人偷偷地抹了抹眼泪。罗玉辉看了她一眼摇了摇头说："刚才跟本地的同志商量过，他们觉得宝塔山是个绝佳的地点，只有宝塔一处建筑。他们想安排狙击手都没有地方，四面八方全是森林，不过咱们所处的位置则是一块大空地，我们认为这是一处绝佳的位置。"

"森林吗？"田鹤摸了摸鼻子说："开始之前一定要将宝塔地毯式搜索几遍，绝对不能有任何的隐患存在。"

"这些我们已经安排人去了，每层都安排了巡逻的士兵，问题不大。"罗玉辉说。

"这样是最好的，那这些同志辛苦了。准备什么时候进行仪式？"田鹤问。

"初步决定是后天，今天将具体位置放出去，好让各地的人们赶来，见证这一次仪式，人越多效果越好！"

"好，那就这么办，我想先去现场看一下，你让几个士兵随我一起去吧。这么敏感的时期，我担心他们再将我当成日本人给毙了。"

223

田鹤开了一句玩笑，令这紧张的氛围缓和了不少。

　　田鹤随着一名士兵来到了宝塔，这一路上这个叫强子的士兵跟他也没少谈论共产主义，可以看出强子对于共产主义的憧憬已经到了一种痴狂的程度，这也难怪共产主义如此的完美又有几个人会不为它痴狂。

　　田鹤一层一层地查看，宝塔内部不算很大，一眼就可以收揽无疑，他在最顶层俯视着下面的地形，不禁皱了皱眉头。周边的森林有几棵参天大树，如果日军的狙击手爬到那顶上狙击，他们也是极为危险的。他跟强子吩咐了一下，安排了几个士兵在那几棵树下守着，防止日本人攀爬偷袭。强子应了一声，在临走之时罗玉辉跟强子说过，田鹤说的话就是他说的，强子有些疑惑这少年究竟有何种能耐可以和罗玉辉首长相提并论。

　　勘察完地形，田鹤觉得没有必要再继续留在这宝塔就返回了延安总部。

　　看到田鹤回来，罗玉辉迎了上去，问情况如何。

　　"宝塔附近的森林里有几棵大树，作为狙击位置也是极佳，我已经派了几名士兵前去树下守着了。应该没有大问题了。"田鹤说。

　　"这就好，现在想想还是很期待的，哈哈！"罗玉辉见胜利就在眼前情不自禁地笑了起来，田鹤等人也会心一笑，回想这些日子实在是不容易，四处奔波，起伏不断，现在终于临近最终战役。

　　"各位就好好休息吧，好好养精蓄锐准备应对后天的大战。我在此处给各位准备了几间房，有些简陋各位不要介意。"罗玉辉说。

　　"罗同志客气了，我们现在只要有个地方能睡觉就很幸福了。"杨司令对着罗玉辉道谢，田鹤二人也对他报以微笑。

　　"那么去休息吧，我派人带你们过去。"这几日的奔波令田鹤他们身心疲惫，他们到达住处就睡着了。

第二天，延安聚集了大批的群众，都是因为罗玉辉发出的消息前来见证这一历史时刻的，当然藤野他们也得到了信息知道了是在宝塔山进行仪式，第一时间就奔向宝塔山。当他们看到山上的士兵很是愤怒，显然这处已经被控制了，坂田指了指宝塔后面的森林，两人带着一队士兵冲了进去。

"该死，他们选的这个地方我们根本就没有办法进行刺杀。"藤野咒骂道。

"他有张良计，我有过墙梯，看到这片树林有什么了吗？"坂田问藤野。

"别卖关子，在中国呆久了居然这种语言你都学会了，树林当然只有树！"

"没错，但是树分高矮，你看看那边的大树，那可是绝佳的狙击点，走我们过去看看！"坂田带着队伍走进了大树附近，看到树下也站着几个士兵，不禁咒骂起来，"这帮该死的混蛋，连这个位置都发现了！"

藤野招呼身后的狙击兵，狙击兵瞄准树下的士兵就准备开枪，被坂田即使制止。"你们这些蠢货，想打草惊蛇吗？万一跑掉一个我们就功亏一篑了，明天仪式开始时我们用刀将他们神不知鬼不觉的干掉。到时候他们还以为这里是安全的对我们就没有一点防备，那才是我们最好的机会。"

"嗯，有道理，那我们今晚就住在这里，不准生火，就这么睡！"藤野对身后的士兵下达了命令。

入夜时分，藤野爬起来跟坂田说："我已经跟总部打好招呼了，他们派人来现场，咱们行动一成功他们立马围攻场中众人。"

"嗯，这就行了，早点儿休息，明天不成功便成仁。"坂田闭上眼睛小憩起来。

入土仪式当天，宝塔被里三层外三层地围了起来，田鹤他们早早地就进入了宝塔之中准备，宝塔前面已经挖好一个深坑，只等待着将龙首当着众人的面埋入其中。

"今天人够多的，天佑中华啊！"罗玉辉见到好事临近异常兴奋。

"是啊，看今天的场面就能知道，今天一定能成功！"陈荣怡也非常高兴。

"不容疏忽啊！今天的仪式，日本人肯定会来捣乱，只是不知道什么时候袭来！"杨司令则是一脸的谨慎。

"没错，我们还是得谨慎小心。罗同志，麻烦你再派几个人去森林，我总感觉他们还是会在那些树上面动手。"田鹤也是一脸的忧虑。

"嗯，谨慎点是好事，何况这么大的事件万一出了纰漏，那我真是以死谢罪都不足以弥补啊！"罗玉辉突然意识到自己的态度有些过于乐观，急忙转换了态度。

"强子，你带几个人去森林看看有没有日本人，一经发现全部击毙，一个不留。"罗玉辉回头对着昨天给田鹤带路的少年说。

"明白，首长我现在就出发。"强子跑出宝塔带着一小队人进入了森林。

"时间差不多了，我们出去吧！"罗玉辉拿起龙首往塔外走去。

门前几乎已经挤满了人，但是罗玉辉一出现，就立即闪出了一大块空地，田鹤、杨司令跟在他身后，深坑前面有个桌台，罗玉辉取出龙首放在了上面。

烈日之下，龙首金光四射，照得在场众人都睁不开眼睛，这时飘过去一朵云彩，他们才终于看清了龙首的真面目。罗玉辉走上前去说：

"感谢各位父老乡亲到场，参加龙首的入土仪式。众所周知，龙乃是中华大地的象征，象征着中国的血脉，而龙首则代表着中国的龙脉，前些日子发生过一些惊险的事情，龙首差一点儿被日本人窃走，我们那时真是痛彻心肺啊。"

台下一片唏嘘。

罗玉辉停顿了一下继续说"所幸，在我身后的这两人的帮助下，终于夺回了龙首，这就象征着天不亡我中华，日本人一定会滚出我们的土地，中华万岁！"

"中华万岁！"

"中华万岁！"罗玉辉的演讲将众人的爱国情怀全部激发出来，众人群情激奋，在人群中有几个人面色有些不对劲儿也没跟着一起呼喊。田鹤退回了塔内，罗玉辉看在眼里就知道发生了点儿什么事情，但是他相信田鹤一定能解决，就继续着他的演说。

回到塔内的田鹤对一个士兵说人群中有些人不对劲儿，可能是日本人，让他赶紧带几个人去，等会儿看到有和旁边的人反应不同的立马抓起来。士兵一惊，急忙带着另外的几个士兵冲了出去。

田鹤重新回到了龙首旁，低声对罗玉辉说道："再来一次群情激奋的演讲。我感觉人群中有日本人，以他们的性格绝对不会辱骂自己的民族的。"

罗玉辉点头示意自己明白："日本人在上海、南京一带进行着惨无人道的屠杀，视我们中国人的性命如草芥一般，妇女小孩他们说杀就杀毫无人性，他们做的事情实在是惨无人道，我们只有以牙还牙还击回去。现在我想说的是，无耻的小日本，滚出中国！"罗玉辉成功地将众人的情绪带动了起来。

"小日本，滚出中国！"

"小日本，滚出中国！"群情激奋，被情绪感染了的群众奋力地振臂呐喊。

刚才派出的士兵正在人群中巡视，他们发现有一部分人默不作声只是跟着举手，便准备把他们擒回来。见状不对的日本士兵转身就想跑，这时激奋的群众怎么可能让他们跑掉，日本士兵周围的人一起将这些日本人制服，五花大绑地扔到了宝塔内。

远处森林中，藤野和坂田手下的狙击手刚刚爬到树上，用狙击镜监视着场中的情况。因为他们上来的比较晚并没有看到人群中的士兵被抓，想当然地认为一切都在预料之中。

"让这帮中国人再嚣张一会儿吧！等会儿让你们欲哭无泪。"藤野冷冷地说。

"谨慎一点儿还是好的，别放松警惕。"坂田提醒着藤野。

"哼，这帮人已经全部都聚集到了龙首那，他们知道森林中已经有驻守的士兵，哪会再派人来。你太小题大作了，坂田君。"藤野高傲地说。

"自大就是你最大的缺点。期望如你所说吧！"坂田叹了口气。

"上面的听好，只要有谁拿起龙首就将他击毙。"藤野对树上的狙击兵下达了战斗指令。

"嗨！"上面的士兵应了一声，突然"砰"的一枪，给藤野两人吓了一跳，这么快就动手了，俩人心中还有些疑问，却看到树上面的士兵掉了下来。

"敌袭，快警戒！"藤野和坂田躲到了树后面。田鹤早就料到了藤野两人可能选树林这个点，安排了两个狙击手在宝塔之上盯着参天大树上的动静，果然不出他所料，树上爬上来几个狙击手，刚一露头就被宝塔上的狙击手干掉了，"砰砰砰"，枪声不断，藤野安排在树上的那几个狙击手被全歼。

这时强子带了一队士兵也到了事发地点，对着身后的士兵使了个手势，让他们绕后，全员到位后强子拿出颗手雷就照着那具死尸一扔，"嘭"一声将树后的两人炸飞，士兵们拿着枪慢慢逼近两人，藤野两人看已无路可跑就乖乖投降了，等待着他们的支援部队来营救他们，这时的他们还不知道，他们所期望的支援部队已经被制服。

刚刚的枪声把在场的群众也吓了一跳，罗玉辉急忙解释说是发现了几个日本兵，已经解决掉了，群众才放下心来，罗玉辉也继续他群情激奋的演讲。

田鹤扫了一眼身后，看到强子和几个士兵正绑着两个人向这边走来，眼尖的他一眼就认出了两人，仇人相见分外眼红，这时的坂田和藤野依旧一脸冷笑地看着田鹤。

"哼，死到临头居然还有这种眼神，真是冷酷的民族啊。"田鹤出言讥讽道。

"你不用嚣张，我们的支援部队马上就到，你们这里的人一个都跑不了。"藤野大声咆哮，吸引了所有人的目光。

"你说的是他们么？"田鹤打开了宝塔的门，里面正绑着一群便装的日本士兵，藤野傻眼了，最后一点希望的破灭对人的打击是致命的，他不再说话，低着头闷不吭声。

坂田面如死灰地跪在了龙首的面前，他一直为了龙首拼杀，玩阴谋，最终这龙首还是没有落在自己手上。坂田疯狂地惨笑，听得众人鸡皮疙瘩都起来了。

"就算你们得到了龙首，也逃离不了被我们大日本帝国统治的命

229

运，你们这低贱的民族就该在地球上……"坂田话还没说完，就被田鹤一脚踹飞了两颗牙。

"你们是不是没有听过中国的一句古话，不到黄河不死心，临死嘴还这么臭，你们满肚子的阴谋诡计，根本没有我们中国人的磅礴大气，就凭你们还想统治中国，永远都不可能，安心的死就好了。"田鹤用尽浑身力气给了坂田一脚，给他踹飞了好几米。

"说得好。"

"说得好。"现场的群众都被田鹤这一番真实不做作的语言打动了，这小子说出了他们的心声。

坂田吃痛窝在地上不停地吐血，田鹤没有追上去又重新走回了罗玉辉的身后。

"各位父老乡亲，看到了吧，这就是日本人可恶的嘴脸，我们不能给他们一点机会，对他们不能有一点儿怜悯，他们就是狼，一丝报恩之心都没有，你只要放了他们，他们回头就会给你一口，让你一命呜呼。这位是藤野大佐，这位是坂田君，在日本都是身居要职的大人物，他们竟然主动欺上门来，真当我中国无人吗？"罗玉辉恶狠狠地盯着两人。

"现在我就当着你们的面，把我中国的龙首，龙脉埋入我中华大地之中，你们还想以此做文章发动侵略，简直是做梦。"罗玉辉拿起龙首放入深坑之中，藤野见状直接扑了进去，他现在已经近乎疯狂了，神志已经有些不清，他脑中充满的都是龙首，看着龙首被放进去，他也直直地扎了进去，这个坑将近3米深，藤野扎进去脑袋撞在了石头上不知死活。

"冥顽不灵的日本人，临死还做着征服中国的春秋大梦，醒醒吧！下去将他拖出来，不要让他玷污我们神圣的龙首！"杨司令指挥着身后的两个手下，两个手下将藤野小次郎拖了出来。

"将龙首埋上吧！"四周的士兵将土填入坑中，坂田绝望地望着龙首，一时气不顺晕了过去。

噼里啪啦，早就预备好的鞭炮被点燃，现场显得十分热闹，几个凄惨的日本人跪在场中形成了鲜明的对比。

宝塔之外依旧热闹非凡，宝塔之内则气氛凝重。

"杨司令，我们应该怎么处置他们？"罗玉辉询问杨司令。

"还是先关押到牢中吧！也不怕他们跑了，一个疯一个痴的！"杨司令说。

"好，那就按你说的办，田鹤你没意见吧？"罗玉辉又询问田鹤。

"没意见，只是没有看着他们去死有些不甘心。"

"他们不会有好下场的，只是我们现在还不能将他们处死，否则将受到全世界舆论讨伐。"

"嗯，算了，不管他们了我跟荣怡出去透透气。"田鹤带着陈荣怡走了出去。

门外的陈荣怡看向田鹤问："怎么，不甘心？"

"嗯，他们谋害了我们那么多的战友、兄弟，我怎能甘心。哎！算了，反正他们也不会有好下场，多想无用！"田鹤突然间释然。

"那我们现在去哪儿？"陈荣怡问，田鹤突然被问住了，这件事情完成之后他突然没有了目标。挠了挠头说："没想好，还是睡个好觉实在，这几天我就没有踏实地睡过！呵欠，走吧八姨太，我们打道回府，找个酒楼睡觉可好？"田鹤一脸坏笑地看着陈荣怡。

"你这个没正形的，咱们这么直接走没有关系吗，不用通知父亲吗？"陈荣怡面色微红地看着田鹤。

231

"不用了，喂！听够了吧，多大的人了还在那儿玩偷听。"田鹤对着宝塔大喊。

"你这小鬼一直都这么聪明，我俩这么小心都能被你发现。"罗玉辉走了出来笑骂道。

杨司令走出来装作不在意地伸了个懒腰说："这次真的全都完事了。哈哈，感觉像过了几辈子似的。"杨司令看着蓝天发出了爽朗的笑声。

"是啊，老杨，咱俩认识也有 20 来年了吧？"罗玉辉也仰面看天，说出一番让田鹤和陈荣怡难以置信的话。他俩居然相识了 20 年了？他俩不是刚认识吗。

"哈哈，老五啊，你藏得也够深的了，当年的七星传奇只有老二和我知道你的真实身份，那个失踪的老五只是个替身吧。"杨司令又说出了一番令两人目瞪口呆的话。

"没办法啊，为了大业我就得隐藏身份啊，防止小日本的追杀。话说回来老二这个徒弟真是个可塑之才，跟着我完成共产主义大业可好？"罗玉辉邀请田鹤加入他的阵营。

"喂喂，老五，你这么可有些不地道，我知道你们组织好，但这小子是我女婿怎么可以在你手下打拼。"杨司令跟罗玉辉争论了起来，回头一看两人早已不见踪影，不禁一起骂道："这对小鬼头。"

田鹤和陈荣怡见状不妙早就跑路了，两个老头继续在夕阳下谈天说地。

不久之后，上海古玩界传出，在石塘弄 35 号，住着一男一女，这两人以鉴定古董为生，从未失手过。只是这两人有些怪癖，日本人的活儿从来不接，江湖之人称这两人为龙凤至尊。